講談社文庫

ウランバーナの森

奥田英朗

講談社

目次

ウランバーナの森

その夏もジョンは軽井沢で休暇をすごしていた。

一九七六年からこれで四年連続となる。休暇というのは、正確には妻のケイコの休みのことで、ここ数年スケジュールのないジョンは、たくさんの――平和運動や講演、執筆といった――仕事を抱えたケイコの都合に合わせて世界のあちこちを移動している。軽井沢というのも、彼女の都合によるものだ。軽井沢には妻の実家のサマーハウスがあり、ケイコが幼いころからなじんだ土地だった。

ジョンは多くの時間をケイコと息子とだけすごす。ビジネスを持ち込む連中は多かったが、ニューヨークの事務所がすべて断っているうちに、やがて世間もジョンを放っておくようになった。一抹の寂しさがないわけではなかったが、解放感のほうが大きかった。人の物欲しそうな顔を見るのはうんざりしていたし、ご機嫌をとられるのも居心地が悪いだけだった。そして人を遠ざけているうちに、今度は、対人恐怖症というほどではないものの、誰かと会うのに緊張を強《し》いられるようになり、ますます社交から逃げるようになった。人と接することは、たとえ友人の開くパーティーだとしても、当分避けたい気分だった。

だから旧軽井沢銀座のパン屋の店内で「ジョン」と聞いたことのある声で呼ばれたときは、一瞬、心臓が止まりそうになった。


その日のジョンは、パンロールを買い求めるため、古くからこの町にあるというフランスベーカリーの中に一人でいた。ふっくらとやわらかく、手でちぎるとバターの香ばしい匂いが鼻をくすぐるジョンのお気に入りのパンだ。

いつもは親子三人でぶらぶらと散歩がてら出かけるのだが、息子のジュニアが外出をぐずったため、しかたなく一人での買い物となった。

そろそろ顔を覚えてもらったレジ係の少女とほほ笑みを交わし、パンロールを載せたトレイを台の上に置き、ポケットから財布を取り出そうとしたところで、その声が耳に飛び込んできたのだ。

「ジョン」

どきりとしてジョンの血の気が失《う》せた。おそるおそる振り返ると、五歳くらいの白人の男の子が玄関口に向かって母親の背中を追いかけていくところだった。もちろんこれはジョンちがいであって、英語圏でもっともありふれた名前をもつジョンにとってはよくある出来事なのだが、声に聞き覚えがあったので冷静ではいられなかった。

母の声に似ていた。少しかすれた、それでもトーンの高い母の声だった。その瞬間、埋もれていた記憶の箱がザクリと掘り起こされ、スコップの尖端でガンとたたかれたような感じがした。

そしてジョンがその婦人を目で追うと、あろうことか後ろ姿まで母に似ていた。

「あのう……三百円いただきます」

「あっ、そうだね。……じゃあこれで」

心ここにあらずといった体であわてて札を差し出し、上半身だけをひねってなおも婦人を見ようとした。

「あのう……」

「あっ、何かな」

「これ……ふふ」

ジョンは自分が差し出しているのがスーパーのクーポン券だったことに気づき、一転して顔がカッと熱くなった。しどろもどろになっていると、指まで震えがきてジョンは小銭を床にぶちまけてしまった。

「まあ大変」

少女が急いでレジ台から出てきて、しゃがんで小銭を拾い集める。ジョンもそれに続いたが、指先がなかなかいうことをきかなかった。

少女がジョンを見て何か言っている。気づくまで時間がかかった。

「あっ、何、かな」

「あのう、ご気分でも悪いんですか？　すごい汗」

「気分？　いや、平気さ。何でもないんだ」

汗が一筋、鼻の頭から床に落ちる。ますます顔が熱くなった。

ジョンはやっとのことで勘定を済ませると、通りへ飛び出し、声の主を探した。

日本人の人ごみの中で白人の親子はすぐに見つかった。二十メートルほど先を二手橋《にてばし》の方角へ歩いていた。

その姿をあらためて見て、ジョンの動悸が高まる。背格好どころか、ウェーブのかかった赤毛、貴婦人を気取った歩き方まで母にそっくりだった。

ジョンはつばを呑み込むと、ゆっくりと後を追った。夏の空気がねっとりと肌にからみつき、高原なのに妙に湿度が高い気がした。正午前の日差しも容赦がなかった。

子供が駆け出したりするので、婦人の歩調は一定ではなかった。そのつどジョンも歩幅を加減し、親子との距離を慎重に保った。いったい自分がどうしたいのかも見当がつかない。何かに操られているかのような行動だった。

白人の親子は、にぎやかな通りをのんびりと進んでいく。とくに目的はなさそうに見えた。ときどき通行人の陰にかくれ、かげろうが揺れるようにゆらりと再び現れる。ふと、振り返られたらどうしようと思い、あわてて手で目線を覆《おお》った。婦人の足元を見るようにし、ジョンは尾行を続けた。

胸の中で得体の知れない恐怖が充満して、手足の関節がぎこちなくなった。昔からそうだったことをジョンは思い出す。動揺すると、それはたちまち動作に現れた。

そうやっておどおどしながら尾行をする自分に現実感がなかった。

つるや旅館を過ぎたあたりで、男の子の横顔がはっきりと確認できた。先を行く子供が立ち止まって、母親においでおいでをしたのだ。そして、それがまるで見覚えのない顔だったことで、ジョンは少しだけ我に返った。

それはそうだった。ジョンという名前が同じだけで、それ以外に何の共通点もあろうはずがなかった。婦人が母に似ているだけのことなのだ。自分の肩がすうっと下りていくのがわかった。

「驚いたね」気持ちがやや落ち着いたところで、ジョンはそうつぶやき、小さく息を吐いた。「似た人がいたものだ」

自分に言い聞かせる意味もあった。なぜなら、先を歩く婦人はジョンより年若いのだ。あのくらいの子供がいるということは、せいぜいが三十半ばだ。そもそも母のはずがない。ジョンの母親は、ジョンが十七のときに死んでいた。こんな当たり前のことに、考えも及ばないで、なす術《すべ》もなくうろたえてしまった自分がこっけいに思えた。

ふふ、おれもどうかしてるな――。

ただ、近づくにはためらいがあった。これ以上、記憶を甦《よみがえ》らせたくなかったからだった。何かの拍子でその蓋《ふた》を開けられたら、自分の中で長年抑えられてきたものが一気に流れ出て、感情が制御できなくなる恐れがあった。積み上げてきたものが音を立てて崩れ、人目もはばからず、子供のように泣いてしまいそうな気がした。

もう一度、今度は大きく深呼吸をして婦人を見た。

冷静に見ればちがっている点もあった。確かに赤毛だが、母の髪はもう少しブロンドに近かった。だいたい服装の趣味がちがっていた。目の前の婦人は品のよいワンピースを着ているが、母はもっと派手好きだった。胸の開いたブラウスには子供ながら照れ臭かった記憶がある。

ふふ――。

急速に心が鎮《しず》まっていって、ますますさっきまでの自分がおかしくなった。

「ははは」

今度は声を上げて笑っていた。

まったくどうかしていると思った。亡き母の声を聞いた気になって、大の大人がおろおろとうろたえてしまうなんて――。ジョンは眼鏡をはずすとTシャツの袖《そで》で額の汗をぬぐい、ついでに胸元の布地をつまんでレンズも拭いた。乾いた風が頬を撫《な》でた。自分ばかりか周囲までいつもの軽井沢に戻っている気がした。

心に余裕が生まれると、今度は婦人がそれほど母に似ていないのではないかと思えるようになった。身長は同じくらいかもしれないが、ディテールは、たとえば腰の肉の付き方や撫でた肩の線に差異を見つけることができる。

わずか数分でこの心の変化だった。人間を支配する錯覚とは、往々にしてこんなものかもしれなかった。母に似て見えたり、見えなかったり。そもそも自分がどれだけ母のことを正確に覚えているというのか——。

そうやって気持ちがどんどん強気に傾いていくと、やがてジョンにはひとつの考えが浮かんだ。顔を見てやろう——。ついさっきまでとはまったく逆だった。このまま引き返して妙な想像を残してしまうくらいなら、いっそのこと婦人の顔を見て現実を手に入れたかったのだ。

おそらく、あの婦人は母とはまったく別の顔をしているだろう。ならばそれを確認して、早くこの日の出来事を忘れてしまいたい。よし、見てみよう——。

ジョンは肚《はら》の中で小さく気合いを入れると、いっきに歩幅を大きくして前に進んだ。婦人と男の子の背中が近づいてきて、心臓が少しどきどきした。二手橋《にてばし》にさしかかったところで追いつき、不自然にならないようにそっと横を見た。婦人が人影に反応し、ジョンを見る。

母とは似ても似つかない顔がそこにあった。

これといって特徴のない、平板な顔だった。

どっと安堵《あんど》の気持ちが湧《わ》き出、ジョンの顔に笑みがこぼれた。見てよかったと心から思った。

婦人が怪訝《けげん》そうに笑みを返したので、ジョンはあわてて咳ばらいして言葉をかけた。

「あのう、いい天気、ですね」

「ええ、そうですね、うふふ」

婦人が屈託なく笑う。驚いたことに声はやっぱり似ていた。これじゃあドキッとするはずだと思った。

そのとき、突然、景色がぐにゃりと歪《ゆが》んだ気がした。おなかの中で何かが動き、強い吐き気を覚えた。視界が薄まり、めまいがした。

腰が砕けて、ジョンはその場にしゃがみこんだ。手で顔を覆った。

「あら、どうなさったんですか」

婦人の声が上から降ってきた。

「ジョン！　ジョン！」

母の声だった。母が自分を呼んでいた。誰の口から発せられたわけでもない、中空にポンと出現したような音声だった。

遠のきそうになる意識の中で、ジョンは懸命にその声をふり払おうとした。これはいったい何なのだ――。

続いて笑い声が聞こえた。橋が笑っていた。なぜか、自分がいま立っている橋がケタケタと笑っている感覚に囚《とら》われた。何も考えられず、頭の中は真っ白だった。

橋が嘲笑《ちょうしょう》している。記憶と対峙《たいじ》できないでいる臆病者をあざ笑うかのように――。

錯覚はほんの数秒のことだった。いや、もしかすると一秒もなかったかもしれない。

ただ、しばらくは全身に痺《しび》れたような感覚が残り、立ち上がるのには時間がかかった。

婦人が心配そうにジョンをのぞき込む。

「大丈夫ですか」

声にならないので首を縦に振った。

「貧血かしら」

またしても小さく首を縦に振って答えた。

自分でもそう納得するしかなかった。橋が笑うわけなどない。もちろん母の声にしても。

これはただの貧血なのだ――。

じわじわと手足に体温が戻ってきたのでジョンは背筋を伸ばし、大きく息を吐いた。

「すいません。ちょっと、急にめまいがしたもので」

「あら、そうですか。わたし、びっくりしちゃって。うふふ」

目の前の婦人を見ると、いよいよアカの他人だった。どうしてこんな女を母とダブらせたのか、自分を責めたい気分だった。

白人の親子は何事もなかったかのように歩き去っていった。

二人の後ろ姿をぼんやりと見ながら、ジョンは立ちつくしていた。

忘れてしまえるかどうか、少し自信がなかった。

その三日後、久しく忘れていたパニック・ディスオーダーが——寝入りばな、突然やって来た。実に四年ぶりだった。


思えば予兆はあったのかもしれない。二手橋の一件以来、断続的に続く原因不明の下腹部の違和感。腸が猛獣が唸《うな》るようにグルグル鳴っては妻のケイコに「どうしたの？」と聞かれてきた。夜、床についてからの妙な、子供のころ保護者とはぐれたときに似た激しい不安感。胸に不整頓なさざ波が立ち、ふいに暗黒に引きずりこまれそうになり、深く息を吸ってはそれを持ちこたえてきた。

それが大きな塊《かたまり》となって、ベッドで眠りに落ちようとしていたジョンを、いきなり襲ったのだ。

はじめに鎖骨《さこつ》のあたりにチリチリと痺《しび》れが走り、両の肩に及び、「まずいな」と心細くなるころには顎《あご》が痙攣《けいれん》を開始して、そののち喉《のど》の奥にピタリと栓がはめられた。

あわてるまいと自分に言い聞かせ、上体を捻《ひね》って半身になり、脇をしぼって、なんとか力を込められる体勢をとって抗《あらが》おうとするのだが、胃のあたりからつき上げてくる説明のつかない焦躁感《しょうそうかん》が、水に大量のインクを垂らしたようにあっと言う間にどす黒く全身を支配していく。

魚のようにパクパクと口を開け、顎を突き上げ、夢中で息を吸った。かろうじて呼吸を確保し、枕に顔の半分を埋めた。だんだん記憶が甦ってくる。以前もこうだったのだ。この次は心臓だろうと思うとほんとうに動悸が急加速し、恐慌に拍車がかかった。頭の中で得体の知れない重力が右に左に働き、強烈な吐き気とともに意識が遠のきそうになる。腕を組んで自《みずか》らを抱きかかえるようにして不安神経症という悪魔の襲撃に耐えた。いや、これは耐えきれるものではないのだ。自分はこのまま狂ってしまうのではないかと思う。正気と狂気の臨界線で危うい綱渡りをしている自分、狂気の側では暗闇がパックリと口を開けて待っている。そちらに落ちればもう帰ってくることはできない。

何をあわてているのだ。これまでだって帰って来たではないか。ただのフラッシュバックだ。どうってことはないのだ――。

必死で自分に指令を出し、狂気の侵略を圧《お》しとどめようと無力を承知で戦った。天井から漆黒《しっこく》の闇が降ってきた。その闇には重さがあり、まるで厚手の布団を何枚もかけられたように体全体にのしかかってくる。身動きが取れない。制圧した相手を弄《もてあそ》ぶかのごとく今度は重力があちこちを踏みつける。ふと誰か自分の上に乗っているのではないかという恐怖に駆られる。いや、ほんとうに誰かいるのではないか？

ケイコはいるのか。いたら逃げてくれ――。

助けを呼んでくれ。医者だ。神父だっていい。とにかく……早く――。

動悸はさらに高まり、不安は最高潮に達する。ベッドで懸命にのたうちまわり、声をふりしぼって叫ぶ。果たして声になったのかは自分でもわからない。

そのとき、狂気と焦躁の混沌《カオス》の中で、ふとハンブルクの夜の波止場が脳裏のスクリーンに映し出された。


くそう、まただ。いいかげんにしてくれ――。

煉瓦造《レンガづく》りの倉庫の陰に、頭をグリースで固めた若者が二人潜《ひそ》んでいるのが街灯に照らされて見える。一人はピーターで、もう一人は自分だ。

ほろ酔い加減の足取りで、英国人船員が目の前を通り過ぎていく。あたりに人の気配はなく、浅い霧がたち込めている。ピーターと目配せして後ろからそっと近づいていく。落ち着いていられるのは薬が効いているせいだ。船員が足音に気づいて振り返ったところで、自分がいつものパンチを繰り出す。拳《こぶし》にはブラスナックル。これで一撃だ。わざわざ英国人船員を狙うのは、地元の不良の仕業に見せかけるためだ。のしたところでポケットから財布をいただき、酒代《さかだい》に換えさせてもらう。いつものことだ。

なのにその晩の男に限って一撃では倒れなかった。確かに顎のあたりに入ったはずなのに、男は少しよろけただけで体勢を立て直し、反撃に打って出たのだ。相手の大きく見開いた目に気圧《けお》されて、戦慄が走った。逃げるか。いやピーターはやる気だ——。男の丸太のような腕が伸びてきて襟首《えりくび》をつかまれた。足が空を蹴った。パニックに陥《おちい》り無我夢中で拳を振るった。返り血が目に入り、片目を閉じたままとにかくパンチを繰り出した。男のシャツの釦《ボタン》が飛び、厚い胸板にドラゴンの刺青《いれずみ》が現れ、不気味に踊った。それは地獄へ誘うかのような不敵な舞いだった。

どれだけ時間が経ったのかはわからない。気がつくと男が足元に倒れていた。男は顔面を血だらけにして、石畳の上でマグロのように横たわっていた。ピーターが足でそっと押すと、押されただけ動き、離すと重力のままストンと元に戻った。気絶や昏倒というのとは明らかにちがっていた。ただの物体だった。

自分の激しい息遣いが耳のまわりで渦《うず》を巻き、心臓の鼓動が鼓膜を裏から打ち鳴らしていた。

ピーターは顔面蒼白だ。歯の根が合わずカタカタとカスタネットのように鳴っている。

二人目が合って無言のままその場から駆け出した。

全力でハンブルクの波止場を走った。

とうとうおれは人を殺してしまった。

これで自分の人生は終わったと思った。

「おれはかつて人を殺した」

そう力なく声に出したら本当に自分の耳に聞こえ、あわてて口をふさいだが遅かった。胸から堰《せき》を切ったように感情があふれ出て、自身の恐慌にとどめを刺した。もはや体の隅から隅まで、どこを探しても正常な自分というものはなかった。産毛《うぶげ》の一本一本までが不安に侵食され、この世に身の置き所はないかのように思えた。

「ジョン！　ジョン！」

そのとき、またしても母の声がした。ハスキーで、剝《む》き身の女を感じさせるあの声――。これは何なのだ。自分はほんとうに精神異常をきたしてしまったのではないか。かつて薬物に溺《おぼ》れ、うつろな狂躁《きようそう》の日々に身をまかせていたころのように――。

最後に猛烈な腹痛が襲ってきた。これまで体験したことのない熱い痛みだった。ガタガタと子鹿のように震えて、自分は日本の避暑地の別荘の寝室で転がっている。こんな姿をいったい誰が想像するだろうとジョンは思った。

ジョンの隠遁《いんとん》生活も四回目の夏を迎えていた。

1

医者は得意気にアメリカ式イングリッシュを喋《しゃべ》った。

舌を大袈裟《おおげさ》に巻いてうれしそうにRの発音をする。憔悴《しょうすい》した顔ながら（おや？）という表情をしたら、「学生時代に、英会話のサークルに入ってましてね」と聞きもしないのに歯茎を剝き出しにしてほほ笑み、良識ある紳士のポーズを取った。なにやら西洋人と英語で会話を交わすだけのことにはしゃいでいるようにも見えた。もっともベルリッツで日本語六週間コースをいいかげんに習っただけのジョンに英語の話せる医者は助かる。年は自分と同じくらいだろうかとジョンは推察した。三十代後半といったところだ。

ここ数日、ジョンは最悪の日々をすごした。精神的恐慌は一時的なものであったが、その後も寝苦しい夜は続き、腹痛は治まらなかった。下腹部全体が腫《は》れぼったくて重苦しい。熟して腐りかけた臓物や野菜類を腹の中でぐつぐつ煮込んでいるような感じだった。ポトフの気持ちがわかった気がした。そしてふと癌《がん》という文字が浮かんで、ジョンは底なしの不安に陥った。やっと平穏な日々と愛する息子を手に入れたばかりだというのに、考えただけで卒倒しそうになる。

かつてジョンには、どこか自分は長生きしないだろうなという思いがあった。それは説明のつかない強迫観念だった。自分の行く末が想像できず、長期的なプランが立てられない。若いころはそれが怖くなかった。薬や酒に溺れた時期も、緩《ゆる》やかに死線ににじり寄っていく自分を客観視することができたし、死に急ぐ仲間も冷静に見送ることができた。人の生死に関してセンチメンタルになることはなかった。ところが息子が生まれて急変した。将来を望むようにはなったが、同時に恐怖に敏感になった。死への恐れとは生への執着から派生するものだということを知った。「ジュニアが学校に上がるころになったらロング・アイランドにセカンドハウスを買いましょうね」という妻の提案に、それまで生きていなくてはと最初に考え、たちまち緊張してしまうのだ。

腹部の異常は、その緊張を呼び覚ますには充分だった。二日前までは我慢できないほどではなかったが、昨夜あたりになると重苦しさは下腹部全体にわたっており、キリキリでもシクシクでもなく、なにかしら懐炉《かいろ》を腹の中にほうり込んだような熱さに変わっていた。指先で押えると、明らかに大腸の一部がグルグルと音がする。足を伸ばしていると下腹部が強く張って苦しいので、一晩中膝《ひざ》を立てたままジッとして、うとうとと浅い眠りの世界に入ったり出たりを繰り返していた。意識が薄くなると下腹部の重苦しさがはっきりとしてくる。いけないと思って意識を覚まさせると今度は痛みが具体性を欠いていく。まったく妙な腹痛だった。

「それで、一週間ほど前から下腹部に鈍痛があるわけですな、ミスター……」

聴診器を耳からはずし、そのまま首にかけると医者は明るい声で言った。

「ジョンと呼んでくれるかな、ドクター。みんなそう呼ぶ」

髪をかきあげ、眼鏡の位置を軽く直してジョンは答えた。

「ではジョン。それが昨夜あたりから我慢できない痛みに変わった、と。……何か原因で思い当たることは？」

「ちょっと前に貧血はあったかな。ごく軽いやつだけど」

「それ以外には？」

「さあね。ここ数年、ぼくはいたって健康な生活を送っているんだけどな。酒もやめたし、肉食も控えている」

「日本の食事はお口に合いますかな？」

「ああ、合うよ、とってもね。今朝もご飯にバターと納豆をのせて食べてきたところさ」

だるそうにそう言って反応をうかがうと、医者は肩をすくめるポーズを取って、ゆっくりカルテに何かを書き込んでいく。冗談とわかってくれただろうかと不安になった。

「ジョン、生年月日は？」

「一九四〇年十月九日」

「と言うと……」

「ショウワで言うとかい？　イギリス人にそんなこと聞かれても」

「いや、年齢ですよ」

「ああ、……満で三十八さ」

「身長と体重は？」

「五フィートと十インチ……、おっとこの国はメートル法だったね。百七十八センチに、体重はたぶん六十二キロくらいかな」

「お仕事は何をなさってますか？」

「シュフ」

「シュフ？」

「ハウスハズバンドさ。日本語では《主夫》って言うんだろ。四年前に息子が生まれてね、それでしばらく仕事は妻にまかせて子育てに専念してるってわけさ、ドクター」

「それはそれは……。では触診をしますのでここに横になっていただけますかな」

うながされてジョンは診察台にのぼり、ジーンズのジッパーを下ろしTシャツを胸までまくって仰向けに寝た。医者のやけに太い指が腹部に触れた。

「では触らせていただきます。痛かったら痛いって言ってください。我慢する必要はありません。アイムソーリー」

アイムソーリーの一言でジョンは覚悟した。これは痛いのだ、きっと――。

「過去に盲腸をやったことは？」

「……手術の跡はないように見えるけどね、ぼくには」

実際は口をきくのも面倒なのに、ジョンはつい習性で軽口をたたいてしまう。

「薬で散らすことだってあるのですよ、ジョン」

「……いや、失礼。ドクター」

「じゃあおなかを張るようにして」

医者が指を腹にもぐりこませた。

「息を吐いて」

ジョンが言われたとおりにする。

「……痛く、ないですか？」

医者は意外そうに聞いた。

「ああ、とくには」

「じゃあ、もう一度おなかを張って」

今度は別の場所に指をもぐりこませる。

「ここは？」

「いや、別に」

そんな作業が二度三度と続いた。

「はい、それじゃあもう結構ですよ。台から降りてください」

医者は椅子に戻るとカルテに何かを書きはじめた。

「ジョン」

ボールペンを置いて向き直った。

「とくに異常はみられないんですけどね」

「はあ……」

うれしいというより肩透かしをくらった感じだった。

いや、そんなわけはない。この激しい痛みが《異常なし》のはずがない――。

「とても苦しいんだよ。昨夜は満足に寝られなかったし」

医者はちらりと腕時計に目をやると、身を乗り出して言った。

「ジョン。とにかく聴診と触診によりますと、あなたの場合、何か緊急の、たとえば急性虫垂炎、いわゆる盲腸ですね、そういう心配はないと思われます。盲腸だと、ちょっと触っただけで激痛が走るものですからね。体温もたかだか三十七度と少しだし。それから胆石発作にしても、それはのたうち回るような痛さですから、こうして普通に話していることもできない。だから、とりあえず薬を出しておきますから様子を見てください。そうしましょう」

ふと数日前のフラッシュバックのことを打ち明けようかと思ったが、腹痛とは関係がなさそうなのでやめた。それにこの男はただの内科医だった。

「ドクター。薬で様子を見るっていうのはちょっと不安なんだけどね。このまま済むとは思えないんだよ、今夜は」

このまま帰されるのかと思うとジョンは急に心細くなり、懇願《こんがん》するような目で医者を見た。昨夜は煮えたぎるような下腹部をかかえてろくに眠れなかった。朝を迎えたときの全身に残った重い疲労感。それを繰り返すかと思うと憂鬱《ゆううつ》で死にそうだった。

「うーん」医者が腕組みをする。「とにかくここでは詳しい検査はできませんからね。町の診療所ですから。かといってこのあたりに内視鏡やＣＴスキャナーをもっている病院はなかったはずだし……」

医者は天井を仰ぎ見ながらしばし思案すると、何やらブツブツと一人でつぶやいた後、

「じゃあレントゲンを撮って血液検査もしましょう」と言った。

やれやれ、最初からそうしてくれよとジョンは心の中でいまいましく思った。これぞジョンが期待していた本格的検査というやつである。

ジョンは同じ部屋のカーテンで仕切ってある場所に通され、そこで看護婦から血圧測定と血液採取をされた。ジョンは顎を右の肩に乗せて注射は見なかった。過去に覚醒剤だけはやらなかったのは、この子供のころからの注射嫌いのおかげだ。そして看護婦の指示により今度は廊下を歩いてレントゲン室に入った。患者としてちゃんと扱われていることが、こうい

う事態でありながらなんとなくうれしかった。

レントゲン撮影の後、十分ほど待合い室に待たされ、名前が呼ばれて再び診察室に入った。甲高《かんだか》い医者の声が響いた。

医者は自分のことのように顔をほころばせ、レシートに似た紙切れを透かすようにして眺めている。どうやら血液検査の結果らしかった。

「ええと、彼は何て言ってるんだい？」

ジョンが脇の看護婦に聞くと、彼女はその英語がわからないらしく、曖昧《あいまい》に笑ってジョンに着席をうながした。

「ああ、失礼失礼」医者が英語に切り替えた。「白血球の数は正常のようですね、ジョン。炎症反応も出ていない。貧血があったとおっしゃられましたが、血圧も正常です」

続いてすでに現像が済んでいるレントゲン写真をはさんだライトボックスにスイッチを入れ、ジョンに説明をはじめた。

「あのね、これが大腸ですね」

グラマースクールの生物の授業以来の懐かしい人体図だった。

「ところどころが黒く映ってます」

「ええ」

「これがガスなわけですね。でもこれは程度の差こそあれ誰にでもあるもので問題はないわけですよ」

「………」

「ポリープらしきものも見当たらない」

「ええ」

「白く映っているのは便です。ちょっと多いかな。お通じは毎日ありますか?」

「ええと、そういえばここ二、三日なかったかな」

「ま、気にするほどのことではないでしょう。白血球の数も正常だし、血圧も問題ない。体温にしてもこれは我々に言わせると微熱の部類ですよ」

「あっ、ぼくの平熱は三十五度九分だからそれ微熱じゃないんだけどな」

「でも炎症を起こしていればこんなもんじゃ済みませんよ」

「そう」

「やっぱりこれは薬で様子を見るしかないですね」

ジョンは落胆した。しかし引き下がるわけにはいかなかった。この腹痛をかかえて帰されるのはあんまりだった。

「ドクター。ぼくはとにかくこの腹痛を抑えてくれることを期待してるのだけどね。さっきから言っているけど、とにかくこのまま帰るのは不安で不安で……」

「うーん」

医者が再び腕時計を見る。そして腕時計の文字盤を指で軽くこするとジョンに向き直ってポツリと言った。

「じゃあ、抗生物質を打って大腸を少し止めてみますか」

素人には返答のしようがない提案だった。ジョンは医者の顔をうなずいて見るしかなかった。

「そうしましょう。ちょっと副作用で目がチカチカするかもしれませんが、異常でもなんでもありませんから」

ジョンは言われるままにカーテンの仕切りの向こうに通され、再び注射を打たれた。やけに長かった。どうやら時間をかけて静脈に入れるらしかった。

痛かった。そしてしばらくすると息が苦しくなった。

百メートル走り終えた犬のように荒い呼吸をする。

ジョンの息遣いを聞いて看護婦がジョンの首筋に手を当てた。横になってくださいと身振りで示し、注射器を刺したままでジョンをベッドに寝かせようとした。周囲で看護婦たちがあわてているのがわかった。

(先生は?)

(いまちょっと席を外されました)

心臓が早鐘《はやがね》を打つ。おい、ちょっと待て。何があったのだ——。

（いま何cc？）

（十五です）

（とりあえず止めましょう）

年配の看護婦が何か指示を与えているようだった。

（ハウ・ドゥ・ユー・フィール・ナウ？）

何だって？　日本語で言ってくれ——。

（ドント・ウォーリー。ブレス・スロォリー。ねえ、ゆっくり深呼吸してって英語で何て言うのよ）

何のことだ。日本語でいいっていうのに、じれったい——。

まるで目の前に軽井沢の霧がたち込めたようになって、ジョンの視界は薄く濁《にご》っていった。ジョンは目を閉じてベッドに横たわったまま右手を胸に当てて回すようにさすった。三回息を吸って一回分しか入ってこないようなそんな感じだった。看護婦の一人がジョンの左手首から脈拍数を測っているようだった。

（やっぱり刺激が強すぎたかな）

いつのまにか現れた医者が耳の遠くで何か言っていた。

（脈拍は？）

（九十五です）

（ふんふん）

「ジョン」医者が英語で言った。「大丈夫ですよ。心配ありません。ちょっと心臓がびっくりしただけですから。やはり自律神経系が弱っているのかもしれませんね、これだけ過敏に反応するってことは。薬は刺激の少ないものを用意させますから、それを飲んでください。あなたは不安がっておられますが、今夜何か異変が起きるという可能性は一パーセントもありません。だからあまり気にしないで。消化のいいものでも食べて安静にしていてください。大丈夫ですよ」

医者はジョンを上からのぞき込んで笑顔を見せた。

「一応、心電図を取っておきましょう」

そう言うと白衣を脱いで看護婦に手渡し、大きく伸びをして出ていった。

ジョンはその後、心電図を取られると、「脈拍が正常に戻るまでは休んでいてください」という看護婦の指示にしたがってベッドで横になっていた。そして看護婦に起こされるまで一時間ほど寝てしまった。昨日からの疲れがどっと出たようだった。

目が覚めると、ジョンの寝ていた診察室の一角をのぞいてロビーも廊下も電気が落とされていた。受付で会計を済ませ、紙袋に入った薬を手渡されるとジョンは玄関のロックを開けてもらい外に出た。見上げると太陽はすっかり真上にのぼっていて、時計はすでに正午を回っていた。にぎやかな笑い声が耳に飛び込んできた。見ると、隣の駐車場のシャッターが開いていて、メルセデスのステーション・ワゴンに医者の家族と思われる肉感的な三十半ばの女と子供たちが何か荷物を積み込んでいた。大型のシェパード犬の姿もあった。旅行にでも出かけるのだろうと思った。一人肩をすくめて診療所のガラス扉を閉めると、来たときにはなかった張り紙がいつの間にかあった。

《8日午後から16日まで休診します》

漢字は読めないがだいたい意味はわかった。数字はたぶん日付だろう。今日が八日だから、雰囲気からして今日から十六日までバカンスでも取るということなのだろう。お盆に日本人が一斉に休むことはケイコから聞いて知っている。先祖の墓のあるところに家族で帰るのだ。

そう思うと、また心に暗雲が垂れ込めた。おいおい、ここいらにほかに医者はいるのかよ。やつが帰ってくるまでおれの頼りは薬だけか――？

ジョンは診療所の敷地から出ると、サンダルを引きずるようにして、砂利道をとぼとぼと歩いた。カラマツの森から木漏《こも》れ日が差してジョンの眼鏡を白く照らした。近くにテニスコートでもあるのだろうか、ラケットが球を弾く音が等間隔で森に響き、しばしそれが若い女の嬌声《きょうせい》とともに途切れた。大きく息をついた。ふと、下腹部の煮立ったような状態がいくぶんやわらいでいることに気づいた。あの注射、やっぱり効いたのかな――。熱も下がっているようだった。小径《こみち》で擦《す》れ違った犬を連れた男が「あっ」という顔をしてジョンに見とれ、

「まさか」と自分に言い聞かせたのか表情を取り繕《つくろ》い、そのまま去っていった。

とにかくケイコに報告しなくては――。


「で、病名は何なわけ？」

ケイコは台所で背中を向けたまま聞いた。

「わからない」

「わからないって、あなたの病気でしょう」

「だって血液検査をしてもレントゲンを撮っても異常なしなんだよ」

「あら、じゃあよかったじゃない」

ケイコが振り向いて笑顔を見せる。

「でも、まだ少しおなかに違和感があるんだけどね」

「平気よ。環境が変わると体調がおかしくなるって、よくあることじゃない」

「でも軽井沢は毎年来てるんだぜ。いまさら環境の変化はないだろう」

「だめよ、そんなこと気にしてちゃ」

ケイコは明るくそう言うと、いつもの冷麦をガラスのボウルに入れて畳の居間に運んできてテーブルの正面にペタリと座った。楽天的なのが彼女のとりえだ。よほどのことがない限り深刻な顔をしないのは、これまでの夫婦生活においてジョンには救いだった。

「ジュニアは？」

「お昼寝。待ちくたびれてもうランチは済ませたのよ。起きたら見晴らし台へ連れていってくれる」

「うーん、今日はちょっと……。体調悪いし」

ジョンは生姜《しょうが》をたっぷりつゆに放り込んで、その中に麵を浸《ひた》した。

「軽い運動ならしたほうがいいのよ」

自転車に乗るくらいならたいしたことではないが、それより昨夜満足に寝ていないことのほうがつらい。麵をすすりながら黙っていると、ケイコは「いいわ。じゃあタオさんに頼むから」と言って、ひと夏雇《やと》っている賄《まかな》い婦兼乳母《うば》の名前を出した。

「君は？」

「仕事よ」

ケイコはこの夏に小説を仕上げるつもりらしい。なんでもニューヨークの出版社から半生記を書かないかとすすめられたがそれを断り、代わりにホラー小説を書かせるように売り込み承諾させたようだ。のぞいても原稿を見せてくれず、ここのところケイコは二階の書斎にこもりっぱなしだ。

ケイコがジョンを放っておくようになったのはここ五年ほどのことだ。それまではどこへ出かけるにも一緒だったが、あるときジョンが一人の成人としてはあまりに常識を知らないことに唖然《あぜん》として荒療治に出たようだ。

きっかけはこうだ。ささいなことで派手な夫婦喧嘩《げんか》をした。売り言葉に買い言葉でジョンは家出を宣言し、「ぼくはロスの友人のところへ行くからね」とニューヨークのアパートを勢いよく飛び出た。しかし、実は飛行機の乗り方すら知らなかった。これまで世界中を旅してきたが、それはすべてマネージャーのお膳立てによるもので、自分では切符の買い方すらわからなかったのだ。ジョンはラガーディア空港でそれに気づき、そのころには怒りも静まってケイコに電話をした。すると、呆《あき》れ果てた彼女は「帰って来て」ではなく、静かな口調で「まずはデルタ航空のカウンターへ行ってね……」と教えてくれた。あてがはずれて言葉を失っていると、彼女は子供をお遣いに出すように丁寧に言って聞かせ、最後に少し涙声になって「がんばってね」と励ました。ケイコはこれまでの過保護を反省し、ジョンを一人前の男として鍛える覚悟をしたのだった。

考えてみれば、十代のころをのぞけばジョンが医者へ一人で行ったのもこれがはじめてかもしれない。薄情な女めと思わないわけではなかったが、一方では妻の無関心ぶりがありがたくもあった。そばで心配されたら、自分はもっと憂鬱になることだろう。

奥の間に自分で布団を敷いて横になると、ほんとうに薬が効いてきたのかジョンは体を丸めて深い眠りについた。夢も見ず、ケイコが起こしに来るまで途中で一度も目を覚ますことがなかった。光のまるでない黒い世界は、不安という意識さえなければとても心地よい場所だった。日の匂いがするシーツにくるまれて、細胞のひとつひとつから神経の一本一本までが安らかに目を閉じていた気がする。時間経過の感覚がない。これが完全な眠りというものだろうか、だとしたらこんな眠りは何年ぶりだろう、とジョンは思った。

ケイコに揺り起こされて部屋の柱時計を見ると、すでに夜の九時を指していて、自分が八時間たっぷり睡眠を取ったことがわかった。「あまりにぐっすり寝ているから」とケイコは夕食時になっても起こさなかったわけを小声で言った。寝過ぎたときによくある背中に軽い疲労感すらある。我に返って下腹部に意識をやるとわりと良好に思えた。漠然とした重さはあるが、熱くはない。立ち上がってトイレへ行くと前屈みにならないでふつうに歩けた。取り越し苦労だったかな、ジョンはそう思って小用を足すとなんとなく気まで軽くなった。

しかし病人であることに変わりはないので、タオさんに卵入りのお粥《かゆ》を作ってもらって食べ、医院で渡された食後の薬を飲んで板の間のソファで横になった。そうしてジョンは先程の熟睡の余韻《よいん》に浸った。不眠症というわけではないが、こういった深い眠りを体験すると、いかにふだんの睡眠が貧しいものであったかがわかり愕然《がくぜん》とするのだ。薬に安定剤も入っていたのだろうかと思う。いずれにせよ薬が劇的に効いたとするなら、それはここ数年のジョンが薬に慣れていないせいであり、よろこぶべきことだった。かつてのジョンなら薬に耐性《たいせい》ができていて、たいして効かなかったかもしれない。

テーブルの上にあったリモコンスイッチを押してテレビを点《つ》けた。本を読む集中力はないので、テレビでも見てすごすしかなかった。何を喋っているのかわからないが、そのほうがいまのジョンにはよかった。どこで人が殺されたとか事故があったとかのニュースは知りたくないし、深刻な人間関係のドラマなどに至ってはチラリとでも見たくない。身につまされるような話はいっさい耳に入れたくない気分だった。

あてずっぽうにチャンネルをいじっていると、何の番組だろうか奇怪なコスチュームを着た日本の少年少女が輪になって不思議な振り付けで踊っていた。ナレーションでしきりに《ハラジュク》を連呼しているから、きっと場所は原宿の歩行者天国だろうとジョンは推察した。あそこなら二年ほど前に歩いた記憶がある。ふうん、いまはああいう恰好と踊りが日本で流行っているのかと思ってながめていると、タオさんが器を下げにきたので聞いてみた。

「タオさん、あれは何だい？」

「あら旦那さん、もう顔色もよろしいみたい」

タオさんはジョンがわかっていようがいまいが、いつも一方的に日本語で話しかける。ケイコの実家が雇ってくれた家政婦で、五十歳くらいのよく働く明るい婦人だ。

「ねえ、タオさん、あれは何？」

「ああ、あれですか。近ごろの若い人はねえ、ウフフ。まったく何を考えているんだか」

品よく眉《まゆ》をひそめると「竹の子族ですよ」と呆れたように言った。

「毎週日曜日になると原宿に集まってきましてね、ああやって盆踊りみたいな手の恰好をして踊るんですよ。どこであんなこと覚えたんですかねえ、あの髪形にしても黒人みたいな頭にわざわざしてねえ……。頭、ヘアスタイル。ほらほら旦那さん、見てくださいな、ピンク色に染めてる子もいますよ。まったくどうして親はやめさせないんでしょうねえ……。そう、そう、最近では軽井沢の駅前でもああいう子たちが道端にしゃがみ込んだりしてるんですよ。旦那さんも見かけませんか。子供のくせに煙草《たばこ》なんか吹かしたりして。変わったもんですよ、ここらあたりも。昔は静かな避暑地だったんですけどねえ。正田《しょうだ》さんのところの美智《みち》子《こ》さまが、ソーリーとかいってテニスをやってらしたころも私は知ってるんですけどね……。あらやだ、旦那さん、梅干し、種まで食べちゃったんですか?」

タオさんが目を丸くしてお椀《わん》の中と自分の顔を見比べているので、ジョンは（ああ）と思い当たって口の中でしゃぶっていた梅干しの種をてのひらに出し、タオさんに差し出した。

「やだ、旦那さんったらまるで日本人みたい。うふふふふ」

タオさんは体を反《そ》らしてさも愉快そうに笑うと、さっさと台所に引っ込んでいった。

どうやらテレビに映っているのが《竹の子族》という若者グループで、彼らが現代日本のテディボーイズとガールズであることは理解できた。

テレビではその一人が、いかにもつっぱった態度でマイクに向かって何か喋っていた。きっと「大人にゃ関係ねえよ」とでも言っているのだろう。

かわいいものじゃないか、とジョンは少しほほえましい気分になった。いつの時代も抵抗を試みる若者はいるものだが、少なくともこの国のティーンエイジャーはみな裕福で切羽詰《せっぱつ》まってはいない。不良ごっこのようなものだ。そう、自分が十五のときに比べればかわいい反抗期ではないか。ジョンはふと自分の過去を思って皮肉っぽく笑った。


英国の偉大なる時代錯誤といわれる十一歳試験に通った後のジョンは、まるでパンドラの匣《はこ》をひっくり返したかのように急速に荒れたものだ。入学が許可されたリバプールの学校は、パブリックスクールもどきの厳格なグラマースクールで、教頭はメソジスト教会のまわし者みたいに事あるごとに鞭《むち》を生徒に当てた。そのときジョンの思ったことはひとつだった。ここは俺様のいる場所じゃないな――。

ジョンは中学生にしてすでに立派な街のゴロツキだった。気まぐれな乱暴者であるうえ、英国北部人のように古風でも愚直でもなかった。素手で喧嘩をして、終わった後で互いによくやったと肩をたたき合い、新たな友情が芽生えるなどといった硬派気取りの男の世界をジョンは心から軽蔑《けいべつ》していたのだ。ジョンの喧嘩はこうだ。まず弱い奴を見つける。次に徹底的に言葉の暴力を浴びせ、相手の顔がひきつったところでとどめにパンチを喰らわす。これ以上の快楽がどこにあろうかという態度だった。ジョンは集団の中に弱者を見つける嗅覚が異常に発達していて、常にカモはいないかと捜し回っていた。鼻くそほじりのロビンなどは、彼が鼻をほじるたびにジョンに大声でからかわれ、半べそをかいたあげくにいつも殴られたものだ。とどめに家に逃げ帰ったロビンに電話をして「この鼻くそ野郎！」と罵《ののし》るのだから念が入っていた。とりわけ、父親が失業した、母親が若い男と蒸発した、姉がてなし子を生んだという級友の不幸の元を捜し出すのには異様なほど熱心で、仲間といつも笑いものにしていた。他人の傷口に塩を擦《す》り込んで、その痛みを楽しんでいた。当然まわりの級友はジョンが近くにいると常に緊張を強《し》いられ、きつすぎるジョークについてこれなかったが、それでも取り巻き志願者が絶えなかったのはジョンが口の達者な少年だったからだろう。間抜けな善人より話術巧《たく》みな悪漢を好むのは、子供の世界では自然なことだった。ただし、ジョンはどんなことにも口をはさんだが、それは討議に加わりたいからではなく、級友たちに自分のほうが頭がいいことをわからせるためであった。

十五歳のジョンは人を混乱させるのが生きがいだった。あの日のことは、いまでもときどき夢に見ては冷たい汗をたっぷりかく――。

セックスを覚えはじめたころ、ヘレンという年上のグラマラスな女の子の家のティーに招かれたときだ。いや、別に招かれたわけではない。家族の留守中に彼女の部屋に上がりこんで裸で抱き合っていたら、母親が帰って来て、あわてて服を着て階下に降りていった二人に、ヘレンの母親は屈託なく「あらお友達が来てたのね。せっかくだからハイヌーン・ティーでもいかが」と誘ったのだ。この予期しない善意にジョンは困惑した。この俺様の評判を知らないのかい？

「いや、ぼく帰りますから」

ジョンが伏し目がちに言うと、ヘレンの母親は「あら、だめよ。遠慮しないで」と自然すぎるほどの笑顔を見せ、勝手に奥へと歩いていった。仕方なく後をついていくと、そこには日当たりのよいダイニングがあり、花柄の壁紙が張られた部屋全体に甘いミルクの匂いがした。

その匂いだけでジョンは逃げ出したくなった。むせかえるような家庭の匂いに、ジョンは恐怖すら感じた。ジョンは無垢《むく》なものに接すると、極度に緊張する体質だった。

ティータイムのジョンは説明のつかないいらだちに追いまくられた。きれいにアイロンのかけられたテーブルクロス、その真ん中に飾られたみずみずしい菜の花、手作りのスコーンと小皿に盛られたマーマレード。そのささやかさがジョンにはたまらないストレスだった。澄んだ水に浮かぶ汚れた油の心境だった。そして息苦しくなった。げっぷを吐かないとうまく空気が吸えない感じがして、口の中で湧き起こるおくびをかみ殺した。ジョンは一刻も早くこの憂鬱なときが過ぎるのを願っていた。

なのにヘレンとその母親は、そんなことにはおかまいなく社交的だった。

「ねえ、ジョンは何のスポーツをやってるの」

「いえ、別に……」

「ママ、ジョンは楽器が得意なのよ。ギターを弾いてるの。学校でいちばんうまいわ」

「まあ、素敵。どんな曲をやるのかしら」

「……ええと、バディ・ホリーとか、ですけど」

「あら、アメリカのポピュラー音楽ね。わたしも大好きよ。もう少し若かったらプレスリーに夢中になっていたかもしれないわ、うふふ」

ヘレンの母親は座ったまま腰を振っておどけてみせる。

「へえ、そうなんだ、あはは」

ジョンがひきつった愛想笑いを返す。

ジョンにとって社交は苦痛だった。人と交わることが嫌いなのではなく、善意の人の輪には気後れして、どうしても溶け込めなかったのだ。そしてヘレンと母親の屈託のなさが、ジョンの心に巣くう得体のしれない闇をいっそう深めた。

「どうかしら、このマーマレード」と母親が言う。それは娘への合図か催促のようなものだったらしく、ヘレンは「このマーマレード、ママの手作りなのよ」と、母親の意を汲んでアピールする。

「うちのママったらね、売ってるマーマレードは砂糖をけちってるからって――」

「ヘレン、そんなことはいいのよ」

母親はそれを言って欲しかったくせにヘレンを遮《さえぎ》り、謙遜《けんそん》を気取る。きっと来客にマーマレードを振る舞うたびに、この母娘は息の合ったところを見せているのだろう。そのマーマレードは、ガラスの密閉容器に入れられ、テーブルに載っていた。ラベルにはオレンジの絵が描いてあって、ご丁寧に絵の具で色まで塗られていた。

緊張しないでいられる親子関係というものは、ジョンにはうらやましいというより、自分とは無縁の世界が存在していることを見せつけられている気がした。簡単に信じるわけにはいかないが、世界はきっと楽しいところだろうと思った。そしてそう思うと、自分がみじめに見えて、ますますすべてがうっとうしくて、汗がどっと噴き出してきた。居場所のなさに自分がいたたまれなくなった。その名前のない強迫観念が頂点に達したところで、ジョンは、なかばひきつるように口の端をニヤリと歪めてこう言ったのだ。

「ところでおばさん、ここにはもっとましなマーマレードはないのかい？」

ジョンは体の震えに抗《あらが》いながら席を立ち、ポカンと口を開けて事態を把握できないでいるガールフレンドとその母親を見下ろすと、ゆっくりとその家を出ていった。出際に床につばを吐いた。罪悪感もなければ快感もなかった。ただ、何かから逃れられたという安堵感だけはあった。ジョンは自分でも不安定なパーソナリティに振り回されていた。ジョンはいつもどこか別の場所へ行きたかった。

もしも自分の伝記が誰かによって書かれるようなことがあったら、この話は載るのだろうか。ジョンは本気で心配している。ドラッグや乱痴気騒ぎの数々ならいくら暴露されてもかまわないが、この手のエピソードはいまの自分には少しつらい。前の妻との間に生まれた息子はそろそろ難しい本が読める年頃だ。いまの息子ジュニアにしても、やがてはその本を手にするかもしれない。そのことを考えるとやはり気が重い。

一方では自意識をもてあました不良少年たちに親近感を抱きつつも、やはり息子たちには自分のできなかった青春を送ってもらいたいとジョンは願っている。それはフットボールに熱中し、書物に感動し、夏になったら仲間と海水浴に行くような普通の甘くてせつない青春の日々だ。しあわせに自ら背を向けるような年月なら、自分がすでに子孫の分まで済ませてしまったような気がする。

ジョンはソファの上で身をよじるようにして寝返りを打つと、リモコンでテレビを消して、天井をぼんやりと眺めた。よく磨かれた太い梁《はり》が宝石のように黒い光沢を放ち、緩やかなカーブは生き物のような躍動感にあふれ、かつては持ち主が有数の財閥であったというこの家の歴史を物語っていた。柱時計が低く鳴りはじめ、その音の響く先々では、この家の精霊たちが静かに耳をかたむけている気がした。去年と一昨年はこの近くにある万平《まんぺい》ホテルを定宿《じょうやど》にしていたが、今年の夏はケイコの実家が別荘を貸してくれることになり、ジョンとケイコとジュニアはこの古くて伝統的な日本家屋に住んでいる。以前は畳にあぐらをかくことができなかったが、最近ではすっかりおてのものだ。和式のトイレは依然苦手だが、我慢できないというほどのものではない。

このまま日本で暮らすのも悪くはないな、とジョンは思う。もう自分の人生には望めないことだと思っていた自由な生活がここにはある。目抜き通りを歩いていて誰も自分の存在に気づかないことを知ったときは、そうした身軽さから二十年以上も遠ざかっていたことを思い出して、多少大袈裟な感慨が湧いたものだ。おそらく白人の顔などどれも同じに見えるのだろう。いたずらで《WORKING CLASS HEROES》とプリントしたTシャツを着て街を歩いたくらいだ。それでも声をかけられることはなかった。一九七九年の軽井沢は、ジョンの隠遁生活にはうってつけだった。

柱時計の音を聞きながら目を閉じていたら、しばらくして自然に睡魔がやってきた。あれだけ熟睡したのにまだ眠れるのかと、なぜかジョンはうれしくなった。

ジョンは気がついたことがふたつあった。下腹部の痛みが鈍く拡散していることだ。昨日までは具体的に痛い箇所を指すことができたのだが、今朝になってみると全体的に鉛を張り付けたような重みに転じていて、抽象的なのだ。切迫感がないのは助かるが、かえって不穏な雰囲気がある。

そしてもうひとつ、それより気になるのは、どうやら自分が便秘をしているらしいことだった。頭の中で記憶の糸をたぐると、少なくともここ二、三日はした覚えがない。昨日の医者は、確かレントゲン写真を見せながら「便が少し溜まっている」と言っていたはずだ。ということは、ジョンはもっと長く便秘をしていることになる。

ジョンはカレンダーを見た。

定かではないが、自分は八月四日には便をした気がした。たぶんそうだ。おなかがグルグル鳴っていて、ケイコに「どうしたの」と聞かれ、トイレに行って下痢ではないことを確認したのが確か四日だった。そうだ、ケイコの友人が遊びに来た日だからまちがいない。ということは、五、六、七、八、九。おいおい五日も便が出ないのか——。確かにおなかの調子が悪くて食べる量は減っていたとは思うが、五日分ともなると言い訳にはならなかった。

ジョンは和式トイレにしゃがみ込むと、指折り数えて力んだ。

ふごもももももっ。ふむむむむっ。

便意すらない。

右手で下腹部を掻《か》きまわすようにしてグルグルと鳴らした。肛門付近に（おっ）という感触と期待感があるとそれは屁《へ》で、おもちゃの機関銃のような音を立てて便器の奥に消えていった。

一人腕を組む。便秘をしたことがなかったジョンは悩んだ。不規則な生活が長かったため、勤め人のように毎朝七時十五分きっかりに優秀な日本の列車ダイヤよろしく便意がやってきて、トイレに駆け込んで自動的に排泄《はいせつ》ということはなかったが、それでも毎日一回はどこかで用を足していたのだ。便意と相性がよかったのかアビーロードの録音スタジオでいつもしていたこともある。我慢はしない体質なので、というより便意の来襲に耐える根性がないので、デパートや公共機関の快適なトイレの場所もよく知っていた。旅行に出ても便秘にはならなかった。香港の露店街でトイレを求めて尻の穴をキリリと締めて歩きさまよったこともあった。ニューヨークの地下鉄で目的の駅まで我慢できずに冷汗を流しながら見知らぬ駅でこわごわ降りたことも、ロンドンのロイヤル・アルバートホールで《I FEEL SO FINE》を演奏中に突如もよおして青い顔で熱唱したことも、突然の便意にまつわる話ならいくらでもあった。しかし出なくて困ったことは一度としてなかったのだ。

ジョンはトイレでもう一度力んだ。何か手でつかむものが欲しくてタンクからのびている排水管を両手で握った。

ふごもももももっ。うがががががっ。

だめだ。出ない。

軽いめまいがして額が汗でびっしょりになった。気配すらなかった。力み過ぎて足がしびれた。肛門もヒリヒリする。

おぼつかない足取りでソファにたどり着くと、Tシャツをまくりあげて下腹部を見た。心なしかぽっこりと膨《ふく》らんでいる気がする。

ともかく、薬だ。

ジョンは冷蔵庫からバナナを二本出してきてそれを食べることにした。朝食は食べる気がしなかったが、「空腹に薬を入れると胃が荒れるわよ」とケイコが言うので、タオさんにバナナを買って来てもらったのだ。

なんだか行動のすべてがおっくうだった。下腹部に好転の兆《きざ》しは見られない。大きな変化はないが鈍く重い。

「ねえ、男でも便秘になるの？」

いつの間にか台所に入って来たケイコが不思議そうに聞いた。

「あれって女の病気なのかい」

バナナの皮をむいて一口ほおばった。

「さあ、でも男の人の便秘って聞いたことがないから」

「現にいまのぼくがそうじゃないか」

「ふうん……。ねえ、便秘治療薬を飲んでみたら？」

「あるのかい、ここに」

「ここにはないけど、買ってくればいいじゃない」

「それ飲むともうプリプリ？」

そんな元気はないがつい癖でおどけると、ケイコは顔をしかめて「そういう下品な口をきけるのなら大丈夫よ。さあジュニアを連れて散歩でもしてらっしゃい」と腰に手をあて、母親のような口調で言った。

「動きたくない」

「だめ。病《やまい》は気からって言ってね、そうやって自分の体を心配しながらゴロゴロしてるのがいちばんよくないのよ」

一理ある気はした。歩けないほどではないし、このまま一日寝転がっているほうが気が滅《め》入《い》るというものだ。

「ケイコは？」

「だめよ。昼間は小説の執筆に専念したいの」

「ちぇっ。大家《たいか》を気取っちゃってさ」

「とにかく、行ってらっしゃい。……そうそう、ついでに沢屋でマーマレードを買ってきてくれるとうれしいんだけど」

「……マーマレード？」ジョンの顔が少し曇る。

「なによ、いやそうな声出して」

「沢屋って駅の反対側だぜ。だいいち誰が食べるんだい。いつも朝食はご飯に味噌汁じゃないか」

「おやつにわたしが食べるの。クラッカーにのせてね」

「あ、そう」ジョンが小さく溜め息をつくと、ケイコが顔をのぞき込んだ。

「どうしたの、暗い顔して」

「いや、ちょっといやなことを思い出しただけさ」

「ふうん……」

ケイコの勧めにしたがい、ジョンはジュニアを連れて外に出た。由緒ある日本の避暑地・軽井沢は、ここ数年大衆化の波にのまれてやたらと人が多いが、幸いなことにケイコの実家の別荘があるあたりは戦前からの富裕層がほとんどのため、落ち着いた静けさが保たれている。森閑《しんかん》とした林の中に建つ別荘たちは、古くからあるせいか総じて趣味はよく、教会のような威厳と母胎のようなやさしさを同時に醸《かも》し出している。周辺には水車の道、お気持ちの道、ささやきの小径《こみち》といった洒落《しゃれ》た名前の散歩道があり、たまに闖入《ちんにゅう》するお上りさんに目をつぶれば、まるでノルウェーの森のようだ。蟬《せみ》の鳴き声すらこころなし上品に聞こえる。

あと二ヵ月で四歳になるジュニアはそろそろ第一反抗期にさしかかるころで、近ごろ生意気な態度をとるようになっている。最近覚えた言葉が「ぼくのせいじゃないよ」だからまるで小憎《こにく》らしいフランスの子供みたいだ。先日も雨が降ったときにタオさんが「いやな雨ねえ」とぼやいたら、隣ですかさずこの台詞《せりふ》を吐いたものだからタオさんはケタケタと大笑いしていた。いったい誰に似たのかとジョンは思う。去年まではジュニアを散歩に連れていくとき、馬の引き具のような幼児用ハーネスを体に付けて、あらぬ方向へ行ってしまわないように紐《ひも》でつないでおいたものだが、どうやら彼なりに自尊心が芽生えたのか今年はそれを拒否するようになった。おかげでジュニアの散歩は骨が折れる。勝手に駆け出してはジョンが後を追うというパターンだ。

「ダディ?」

前を歩いていたジュニアがふと何かを思い出したように言う。

「なんだい、ジュニア」

「くちさけおんなって見たことある?」

「口裂け女? 何だいそれは」ジョンが訝《いぶか》しげな顔をする。

「えっとね、いつもマスクをしててね、それでね、シクシクと泣いてるの」

「どうして泣いてるの?」

「わからない。でね、どうしたんですかって声をかけるとね、わたしってきれい?って聞いてマスクをパッととるの」

「それで?」

「そうすると口が耳までさけてるの。ダディは見たことある?」

「ねえジュニア。誰から聞いたんだい、その話」

「タオさん。このちかくでだれかが見たんだって」

「へえー」

タオさんに注意しなければとジョンは思う。子供は信じやすいから、この手の噂話は教育上よろしくない。怖くてトイレに行けないとか言い出したらどうするのだ。

「ねえ、ダディは見た？」

「見たことないね。嘘だよ、そんな話」

「ふうん、でも、ぼくは見たよ」

だから子供に怪談は困るのだ。

「へえー、どこで見たんだい」

「きのう、うちのにわにきたよ。その人はおじさんだったけど」

「じゃあ口裂け女じゃないでしょ」

「でもマスクしてたよ。でね、にわでドラえもんのお人形であそんでたらおじさんがきてね、パパはいるかい？って聞くの。それで『いないよ』って言ったら、そうかって。それでかえっていったよ」

「ねえジュニア。それってほんとうの話なのかい？」

「ほんとうさ。うそはつかないよ」

ジョンはそれを聞いて少し厭《いや》な気分になる。ジュニアの言うことがほんとうなら、昨日、自分が医者へ行っている間に誰かがやって来て勝手に庭まで入り込んだことになる。ますますタオさんに注意が必要だ。いかに治安のよい国の避暑地とはいえ、門を開け放しにして、その庭で三歳の子供を放っておくとはあまりに無防備だ。

その男はきっとファンだろう。あの別荘に滞在していることをどこかで聞きつけて、サインでもせがみに来たのだ。あなたのいちばんのファンです、レコードジャケットにサインをしてください、一緒に記念撮影をしてください、と。まったく熱心なファンほど手に負えないものはない——。

思案にふけっているとジュニアが顔をのぞき込みながら言った。

「ダディ。ぼくのせいじゃないよ」

「わかってるさ」

ジョンとジュニアは、駅の南側に広がるいくつかのゴルフ場を縫うようにして一時間ほど歩き、沢屋でマーマレードを買い求め、樹木の匂いと蟬《せみ》の音を楽しんで家に帰った。

外にいるときは不思議と忘れられたのに、帰ってみればあいかわらず下腹部には鈍痛があった。いつもの冷麦を今日は胡麻《ごま》だれですすってから薬を飲み、午後はタオさんにジュニアをまかせて縁側で横になった。何もすることがない一日にはここ数年慣れているが、体調不良となるとまた別だった。時間がなかなか過ぎてくれなかった。

ふがばばばばっ。ふんむっ。うりゃりゃりゃりゃりゃっ。

頭に血が上ってくらくらした。

はばばばばばっ。うううううううっ。

だめだ。これ以上きばると痔《じ》になってしまう――。

そのうちほんとうに肛門が痛くなってきた。

本日何回目かの挑戦も徒労に終わり、どうやらジョンの便秘は六日目に突入しそうだった。トイレットペーパーでお尻を拭くと、何もついておらず白いままだ。

便秘には繊維質の食物が有効だと聞いたことがあるので、この日は朝昼兼ねた食事に、夕オさんに芋を揚げてもらって食べた。それは生まれ故郷のスカラップという食べ物に似ていて、なんだか懐かしかった。スカラップとは、厚い衣で包んだジャガイモを熱した油の中にどっぷりと浸して揚げたもので、リバプールの美術学校に通っていたころ、昼休みになると校門前の道路を横切ってフォークナー・ストリートにある食いもの屋に行って、毎日食べていたものだ。

そしてソファに横たわって、右手でおなかの上でト音記号を書いてマッサージした。するとすぐにそれは派手にグルグルと鳴りだし、肛門付近をうずうずとさせ期待を持たせたが、トイレに駆け込んでしゃがみこむと屁が断片的に出るだけだった。それは何か核心となるものを避けて、その脇を、わずかの隙間をついて、擦り抜けて炸裂《さくれつ》するような甲高い音だった。

昨日に比べれば便意はまだある方だった。何かが、それは当然大便であるが、おなかの中に詰まっていて、早くそれを出してらくになりたいと体が訴えている気がした。だいいち今日は朝から下腹部は雷様でもいるような状態なのだ。（おっ、もしや）と期待を抱いてトイレにしゃがんだのは午前中だけで四、五回ある。なのにそのつど出るのはガスばかりだ。それも盛大に感嘆符付きで出てくれればまだ気休めにもなろうが、音にまったく覇気《はき》がなかった。

午後になってジョンは一人で薬局へ行った。タオさんに頼もうとも考えたが、気晴らしと散歩を兼ねて自分で出かけた。いっそのこと浣腸を買おうとも思ったが、いやいやそれは最後の手段なのだ、と自分に言い聞かせてケイコの勧める便秘治療薬を求めることにした。浣腸は生まれてこのかたやったことはなかった。肛門に直接差し込むというプロセスになんとなく腰が引ける。それにキモチよかったらどうするのだ、と自分の中で冗談を言ってみたがまるで面白くなかった。

出てきた小太りの店員は、ピンク色の箱をガラスケースの上に置くと、不思議そうな顔でジョンを見ながら、「この便秘薬はよく効くが薬に依存し過ぎると今度は薬なしでは排便ができなくなる恐れがあるので気をつけよ」というようなことを上《うわ》の空で言った。

「日本語わかりますか？」

「ああ、だいたいね」

「ああよかった。お客さん、誰かに似てるって言われませんか？」

「ああ、そうだね。ミック・ジャガーに似てるってよく言われるさ」

店員に外国人のジョークはうけていたようだった。

家に帰って説明書を読むと、ありがたいことに英文のマニュアルもあった。

その中に、《大人は一回二錠を就寝前または排便期待数時間前にかまずに服用してください》という一文があり、ジョンを勇気づけた。「排便期待数時間前」ということは、数時間でくる、ということなのだ。売る側も数時間で便を出すと自信を示しているのだ。ああ自分はこれで便秘から解放されるのだろうか。ついでにこの下腹部の異常ともおさらばできるのだろうか——。

ジョンは便秘薬を手に入れたことで少しは気がらくになって、午後はテレビを見ながらすごした。飲むのは寝る前でいい。明日の朝になればすべてが解決するだろう。

ケイコはあいかわらず二階で原稿書きをしている。「お医者さん、探しておいてあげる」と口では言っていたがあやしいものだ。ジュニアはタオさんと遊んでいる。みんな少しは自分のことを心配してくれよ、と思ったりもしたが、明るい家族の顔が救いであるのも事実だった。ケイコは「命を取られるわけでもあるまいし」と笑う。これが彼女の口癖だ。

ケイコが物事に動じないのは、きっと育ちのせいだろうとジョンは考えていた。なんでもケイコは、敗戦で連合国によって財閥が解体されるまでは屈指の金持ちの家に育ったらしく、不思議な落ち着きをもっていた。金持ちの子がひ弱だという俗説は大衆の慰《なぐさ》めのようなもので、実際はちがう。コンプレックスがなく、ポジティブに物事をとらえるぶん、平均的には強いのだ。もっともケイコも彼女なりに多感な時期はあったようで、大学を中退して外国に飛び出たというのは、当時の日本女性にとってはかなり突飛な行動だったにちがいない。「周囲が子供に見えたのよ」とケイコが述懐したことがある。彼女の青春もまた、ジョンと同じく自分の居場所を探す旅だったのかもしれない。

思えば不思議な出会いだった。あれは一九六六年のことだ。

ロンドンのソーホーを歩いていたら、道路沿いに画廊があった。なにげなくウインドウをのぞくと、中には展示物が何もなく、板張りの床の中央で黒ずくめの衣装を着た女が一人踊っていた。ふと足を止めてガラス越しに女の踊りをしばらく見た。それはゆったりとした振りで、両足を揃えているため木が揺れているようにも見えた。

目が合った。すると女は踊りながら手招きするので、ジョンは瞬時に嫌悪を覚えた。当時は前衛芸術家気取りが街にあふれていて、ジョンはそういう目立ちたがり屋に我慢がならなかったのだ。ジョンは「ふん」と鼻で笑った。そして軽蔑の眼差《まなざ》しで立ち去ろうとすると、パンと音が鳴ってウインドウの景色が一変した。そこには自分がいた。温度のない自分の顔がそこに映っていた。一瞬わけがわからなくてうろたえていると、唸るようなモーター音が上のほうから聞こえ、ミラーが巻き上げられていった。ジョンはそこではじめて、光を反射する幕がウインドウに仕掛けられていたことを知った。再び中が見えると、女は今度は背中を向けて踊っていた。こうなると立ち去れなくなって、ジョンは画廊に足を踏み入れた。そのまま女の前へまわり込んで、声をかけた。

「ずいぶん凝《こ》ったいたずらなんだね」

「自分の顔を見た感想は？」

女は動きを止めると静かな目で言った。

「いきなりだからね、驚いたよ」

「あれがあなたの顔よ。作らない、ほんとうの顔」

「いやな顔、だったな」

「そう？」

「冷たい、他人の顔だったよ」

「あなただけじゃないから気にしないで。テーマは……《仮面》なの」

「どういうことかな」

「どう解釈してくれてもいいわ。さっきの顔が仮面なのか、それともいまの顔が仮面なのか、あなたが自分で決めて。いずれにしても、世界はみせかけで成り立っている……」

ジョンは無性に愉快な気分になった。からかわれるのは大嫌いだったが、いっぱい喰わされるのは、それほど悪くはなかった。

ジョンが自己紹介すると、顔色ひとつ変えずに「わたしはケイコ。自称アーティストよ、売れそこなっているから」と言い、少しだけ笑みをたたえて右手を差し出した。

「きみは日本人かい？」

「ええ、そうよ」

「今年の夏、日本へ行ったよ」

「あら、そう。どうだった？」

「さあ、ホテルから外に出なかったから」

「まあ、もったいない」

驚いたことにケイコはジョンが何者であるかを知らなかったので、ジョンはますます愉快になった。素性《すじよう》を説明しても、ケイコは眉ひとつ動かさなかった。ここ数年、会う者はすべて目を輝かせて機嫌を伺うことに比べて、ケイコの応対はまるで子供のように無色透明だった。人と会ってこんなに新鮮な気分を味わうのは久し振りだった。

「ねえ、君のこと、もう少し知りたいんだけどね」

「あら、そう。私は拒まないわ。誰に対してもね」

アドレスを交換し、連絡を取り合うようになってから、互いの家を行き来する関係になるまでさほど時間はかからなかった。ジョンは、何か「いいものを見つけたぞ」という楽しい気分だった。

ジョンは当時すでに結婚して子供がいたが、疚《やま》しいという気は起きなかった。それは、夫婦関係が冷え切っていたことによる開き直りではなく、若きジョンを支配する《平穏アレルギー》によるものだった。子供のころは平凡な家庭に憧れたが、いざそれを手にしてみると、その平穏さに馴染むことができなかったのだ。リビングでソファに腰かけ、子供をあやしながらティーを飲んでいても、心から落ち着けることはなかった。落ち着けない自分にどうしていいのかわからなかった。最初の妻が古風な女だったということも、はじめはそれを求めていたくせに、ジョンの生活に違和感を与え続けていた。夫の帰りを家で待つ女房は、英国北部人にとって理想であるはずだった。なのにジョンはそれが重荷だった。ジョンは責任を取りたくなかったのだ。

ケイコはジョンに何も求めなかった。そこがジョンを安堵させた。一ヵ月も連絡を取らないでふらりと会いに行っても、その間どうしていたかも聞かなかった。ケイコは勝手に生きていく女だった。突然一人旅をするようなこともあった。そんな女ははじめてだった。そのぶん我《が》は強かったが、それもジョンには好ましかった。平気でジョンに指図《さしず》した。そんなことは伯母の家を出てから一度もないことだったので、かえって新鮮だった。「方角が悪いから引っ越して」と言われれば引っ越し、「当分菜食でいくわ」と言われれば肉を断《た》った。世の中にはいいなりになる快感があることを知った。

冗談もきつかった。飛行機のファーストクラスに並んで座っていたときだ。夜も更《ふ》けてキャビン内の照明も落とされ、二人はひそひそ話をしていた。そして会話も途切れ、そろそろ眠ろうかとジョンが提案した矢先に、ケイコの目がすっと細くなった。ケイコは不敵にほほ笑むと、こう言ったのだ。

「ねえ、やめてよ。こんなところで」

圧《お》し殺してはいるが、キャビン中に響く声だった。

ジョンは一瞬うろたえた。誰が見ても、いやがる女に男が迫るという場面が想像できたからだ。案の定キャビン内の空気は一変し、みんなが耳をこちらに集中しているのがわかった。青くなってケイコを見ると、彼女は舌をペロッと出した。それを見たらジョンも大胆な気分になって、こう言い返した。

「いいじゃないか。減るもんじゃあるまいし」

あちこちから咳ばらいが聞こえた。ジョンとケイコは必死に笑いをかみ殺していた。

さっそく数日後の夕刊紙のゴシップ欄にこの噂が載った。《ジョン、飛行機内で同伴女性に関係迫る》。ジョンは笑いが止まらなかった。

このころからジョンの作風も変わった。狭い世界のラブソングを書くのが馬鹿らしくなり、もっと深い愛や宇宙を想うようになった。サウンドがぐっとサイケデリックになった。芸術家としてのケイコはなかなか芽が出なかったが、彼女が自分に影響を与えている以上、これは共同作業なのだとジョンは思った。

そうしてジョンは前妻と離婚し、ケイコと籍を入れた。

世間はたちまち反発し、「ジョンは東洋の魔女にたぶらかされている」とマスコミは書き立てた。バンドのメンバーもケイコを嫌った。前衛芸術に傾倒していくジョンに「目を覚ませ」という者すらいた。
　ジョンは意に介さなかった。ケイコといると何かに包まれているような安心感があった。ジョンにとってケイコは、恋人であると同時に、新しい《母親》を手に入れたようなものだったのだ。

　柱時計が鳴った。そののんびりとした間に、少し神経が休まるのを感じた。ソファに仰向けになって転がった。ひとつくしゃみをするとそれが天井に跳ね返り、耳に甲高く響いた。屋敷全体が「神の御加護を」とささやいている気がした。（それにしてもとんだお盆休みになったものだ）とひとりごちたが、別に予定はなかったからどうでもよかった。ジョンにはもう何年も予定というものがない。思い返してみると……一九七五年の春にグラミー賞の授賞式に夫婦で出席したのが、人前に姿を現した最後ではないだろうか……いや、七七年にカーター大統領の就任式前夜祭に招かれてタキシードを着た記憶があるか。いずれにせよ、ジュニアが生まれてからはほとんど隠居状態だ。おかげでジュニアは父親の職業を知らない。そろそろ薄ぼんやりと父の仕事を認識する年頃なのに、どうも遊び友だちくらいにしか考えていないふしがある。そろそろ父親の威厳を示してやるかとジョンは思う。ひとつ女王陛下から授かったＭＢＥ勲章でも見せてやるか。うん？　あれは返したんだっけ――。

テレビのニュースでは、高速道路がそろそろ帰省ラッシュで混みはじめていると伝えていた。故郷の伯母のことを少し思った。電話くらいしないとな、元気でやってるって。もちろん元気になってからだ。

ジョンは十一時過ぎにベッドに入ったが、そのまま眠れず小一時間ほど布団にくるまっていると、どうも息苦しい気がした。心臓に手を当ててみるととくに動悸が激しいわけではないのだが、大きく息をしないとうまく空気が吸えない。

この手の胸の異常など生まれてはじめてなのでジョンは少しあわてた。

(いったい、どうしたことか)

息をする間にジョンは意識的におくびをした。それは無理に体の中の空気を吐くという感じだった。そうすると少しはらくになる気がした。

大腸に溜まったガスが口から出ようとしているのかと思った。そういえば放屁《ほうひ》の出具合も悪い。考えられないことではない。

それにしても、息苦しいなんてどういうわけなのだろう。

落ち着こうと思ってジョンはベッドから降りて脈拍数を測ることにした。電気スタンドを点け、右手親指で左手首の脈を探り、サイドテーブルの腕時計を見て秒針が一周する間数えた。

一分間に八十五。

そもそもいくつなら正常なのか、それがわからないからジョンはどうしようもなかった。最初に医者で脈を取られたときが「九十五」で看護婦に「正常になるまで休んでいるように」と日本語で言われた気がする。それよりは少ないが、どうも普通というわけではなさそうだ。

（どうしたのだおれは）。ジョンは廊下の洗面所に行って電気を点け、鏡を見た。ロンドンの空のような顔色をしていた。そして汗をかいていた。冷たい汗だった。自分の目が頼りなげで正視に耐えなかった。ジッとしていられなくて、階段を下りて台所へ行った。冷蔵庫からミネラルウォーターを取り出していっきに飲んだ。

まさか、便秘薬のせいだろうか。何か含まれる成分が自分の体に合わなかったのだろうかと不安になった。

グエッ、グエッ、とジョンは続けざまにおくびを繰り返した。吐き気ではなく、こうしないと息がうまく吸えなかった。

どうしよう、ケイコを起こそうか。救急車を呼んでもらおうか。いかに田舎町とはいえ救急病院くらいはあるだろう。誰か医者に診てもらわないと、とてもじゃないが耐えられない――。

いや、落ち着くんだ。心臓の動悸は躍るほどのものではない。手を当てても早打ちはしていない。心臓より息苦しさだ。そうだ、げっぷを交えないとうまく呼吸できないことに問題があるのだ。そしておそらく元凶は便秘だろう――。

じゃあどうすればいい？　ジョンは焦る自分を抑え、考えを巡らせた。

わかるわけがなかった。

ジョンは寝室に戻り、もう一度横になって冷静になるよう自分に言い聞かせた。

冗談じゃないぞ。どうして自分がこんな目に遭わなくてはならないのだ。昔ならいざしらず、いまは酒もドラッグも卒業したというのに――。

ふと《死》という言葉が浮かんで、猛烈な不安が襲ってきた。

いや大丈夫だ。便秘で死んだやつはいないのだ。

それってほんとうか。

詳しくは知らないがそうだ。そうに決まっている――。

そして、ベッドで五分ほど丸まっているとだんだん自分が落ち着いていくのがわかった。

突然ポンッと喉のあたりで何かが弾けたような感触があり、いきなり冷たい空気が肺に流れ込んだ。

（呼吸ができる！）

ここぞとばかりに安堵の息をもらした。どうやらおさまったようだ。目を開いて自分をチェックするように意識化しても、呼吸や胸に異常は感じられなかった。

安心するとドッと疲れた。思わず涙がこぼれた。天井に向き直って目を閉じると、なんとか眠れそうだった。

そうやって油断させておいて、悪夢はやってきた。

2

夕方になると必ずプレルジンがまわってきた。たいていは出演先の《インドラ》という名の地下クラブのウエイターからだが、たまにファンと称する娼婦が差し入れてくれることもあった。覚醒作用のあるこの錠剤を、ジョンはいつもビールに溶かしていっきに飲んだ。これを喉に流し込めば、十二時間後に切れるまでアドレナリンが体中に流れ、万能感が湧いてくる。怖いものがなくなり、ステージの上で「ハイル・ヒットラー！　おい、この中にユダヤ野郎はいるのかい」というお得意の、そして命知らずの言葉を、薄ら笑いを浮かべながら吐くことができるのだ。薬に対しては抵抗も好奇心もなかった。ここハンブルクでは肉体を酷使しなければならず、音楽以外の何かが必要だった。契約では、十五分の休みをはさんで、一回四十五分の演奏を午後八時から午前二時まで六セットやらないと報酬を得られないのだ。ありがたいことにプレルジンは食欲をも奪ってくれた。食費は浮き、それが酒代にまわった。

そろそろ薬が効いてきたところでステージに駆け上がる。観客は最初から殺気立っている。それも当然の話で、くつろぎたくてこのごみバケツをひっくり返したようなザンクト・パウリ地区にやってくる馬鹿はいない。たいていは一夜の遊び相手探しか、暴れたくて集まってきた街の落ちこぼればかりだ。

「ヘーイ！　間抜けなドイツ野郎ども。おまえら戦争で何をしでかしたかわかってるんだろうな。なんでもここはガス室を改造して作ったクラブだそうじゃないか、アッハッハ」

正面からビールびんが飛んできて、ジョンはそれを笑いながらよける。怒れ怒れ。いっそのことタイガー戦車でも持ってきたらどうだ——。ジョンは肚の中で毒づく。

ワンッ、ツッ、スリーッ！

チャック・ベリーの《ROCK AND ROLL MUSIC》がけたたましい音量で密室に響きわたる。ひどい音のバランスだ。自分のギターがまるで聞こえない。かろうじてドラムの音を拾って歌い出しを合わせる。続くは《ROLL OVER BEETHOVEN》だ。ハンブルクでのスケジュールはバンドのレパートリーを露呈させる。同じ曲を毎晩何回唄うことやら。いいかげんにうんざりだ。

四、五曲演奏するともう正体がわからなくなってくる。果たしていまは何回目のステージで何曲目を唄っていることやら。ただし薬のおかげでまるで疲れない。このまま永遠に唄っていられる恍惚感《こうこつかん》に酔いしれる。矢でも鉄砲でも持ってこいとはこのことだ。

もっともテーブル上のステーキナイフならほんとうに飛んでくる。そのときは棍棒《こんぼう》を手にした屈強な用心棒のお出ましだ。たのむぜデカイの。そこで喧嘩をおっぱじめている革ジャン野郎をつまみ出してくれ――。

プロモーターのドイツ人はことあるごとに「ショー・アップしろ」と言う。だからしばしばジョンは身体障害者の物まねをステージでやってみせる。タオルを革ジャンの背中に詰め込んで、腰を屈めてピテカントロプスのように歩き回るのだ。哀れなおいらにお恵みを。さあ笑っておくれ――。十九のジョンに自制心なんて気のきいたものはなかった。

ジョンはステージの決まった箇所をいつも踏み鳴らしている。ここが腐りかけていることを知っていて、同時に出演している他のバンドの連中と賭けをしたのだ。どちらが先に穴をあけることができるか――。ジョンのジャンプは気合いが入っていると何も知らないプロモーターはよろこんでいる。

そうやって戦争のようなステージを終えたら、今度は女の子のお相手だ。楽屋でバンドの誰かがビールグラスに自分の小便を入れ、それを電球の明かりに透かして見ている。性病にかかっていないかどうか確かめているのだ。これはウエイターの一人が教えてくれた呪術医の方法らしいが、誰も疑わないのが傑作だ。だからメンバーのうち必ず一人は梅毒にかかっていたものだ。たいていは《インドラ》の楽屋口にたむろしている物欲しげな女の子たちの中から、各自が晩飯を選ぶような気安さでピックアップして、クラブをあとにする。どうせ同類だ。互いに遠慮はしない。

女の子を連れ込む寝ぐらは、ポルノ映画館のスクリーン裏の半地下室、通称コックローチ・ハウスだ。落ちている新聞を拾い上げる勇気があれば、たいていゴキブリがふて寝している。一台分の車庫ほどの容積の部屋に二段ベッドが三つ。ここでメンバーが寝起きする。人間のテリーヌでもできそうな狭さだ。クラブの支配人から「ここが君たちの住むところだ」と言われたときは、誰もが担がれていると思ってニヤニヤ笑っていたものだ。スクリーンで喘《あえ》ぎ声、その裏でも喘ぎ声。ちなみに羞恥心なんて気のきいたものもジョンたちにはなかった。

用が済めば女の子はさっさと追い出す。ロマンチックな感情が湧いたことはない。そうでもしなければ酸欠になってしまうし、だいいちベッドは狭い。

これがジョンの一日の終わりだが、たいていがこのままでは眠れない。プレルジンが脳の裏あたりで（まだ早いぜ）とささやいている。

隣のベッドでビールを喰らっているピーターと目が合う。いっちょういくか。ドラム奏者のピーターは物静かな男だが野暮ではない。付き合いはいい。意志が通じてニヤリと笑う。

部屋を抜け出し、ハンブルクの波止場を二人で歩く。コツコツと靴音だけが倉庫街に響いている。さすがに午前三時を過ぎると他に人影はない。それでもときどき売春宿から船に帰る千鳥足のカモがいる。

その夜も極上のカモがいた。

頭髪の薄くなった英国人船員らしき男が背を丸めてよろよろと歩いていた。

あれならわけはない。パンチを一発喰らわして、財布の中身を一ペニー残らずいただくだけだ。

ジョンとピーターは目配せして船員に後ろから近づいていく。どうせ酔っ払いだ。警戒心などとっくに就寝中だろう。ジョンはポケットの中でブラスナックルを握り締める。この街の銃器店でくすねた品だ。現地調達がジョンのポリシーだ。

カモが(うん?)と振り返ったところで右拳を顔面に炸裂《さくれつ》させた。

拳にグニャリとした感触が残った。ヒットした証拠だ。こういうときのカモは吹っ飛ぶのではなく、真下に落下する。

興奮がいっきに高まる。さあオッサン! あり金いただくぜっ——。

ところが船員は沈まなかった。一瞬、事態を把握できない空白を味わう。

船員の鷹のような目がギロリとジョンを捕えた。

ハゲてるからもっと年寄りだと思ったのに——。おまけに遠くで見るより船員はずっとでかかった。

船員の腕が伸びてきてジョンの胸倉をつかんだ。ウーッと獣のように唸っていた。

ピーターがあわてて横から飛びかかるが船員はひるまなかった。ラグビーのハンドオフみたいにはねつけると、ゆっくりジョンに向き直り、真っ赤な顔で「小僧」と凄んだ。そうして太い腕をクレーンのように引き付け、ジョンを宙に浮かせた。

なんだこいつ。ばけものか――。

そう思った途端に薬の効き目がパチンと音をたてて切れ、代わりに恐怖心のメーターが一挙に振り切った。やられる！と鳥肌が立った。

ジョンは夢中で拳をふるった。弦をおさえる左手を庇《かば》うことなく、両方の拳を、要を失った風車のようにめちゃめちゃに振り回して、船員の腕から逃れようとした。

船員の頭突きがジョンの鼻に入った。くらっと意識が遠のきかけた。

ピーターは何をしているんだ。早くこいつの腕をほどいてくれっ――。

もう一度頭突きがきた。相変わらず拳は振り続けている。当たっているのか空振りしているのかまるでわからない。

こんな緊急時なのに、自分が厭になった。こんなところで埋もれている自分に憐れをもよおした。

くそっ。くたばってたまるか。こう見えたって夢はあるんだ――。

船員のシャツの釦《ボタン》が飛んで胸がはだけた。大きなドラゴンがそこで不敵に舞っていた。

船員の胸に彫られたドラゴンの刺青が、いまにも襲いかからんとばかりに舌なめずりしていた。

うおーっ！

ジョンは叫んだ。恐怖と興奮とやりきれなさが入り混じった叫びだった。

ふと我に返ると、自分は二本の足で石畳に立っていた。自分の荒い息が内と外から鼓膜《こまく》を震わせていた。

二重に見えていた風景が、カメラのピントを合わせるようにゆっくりとひとつに重なっていった。

ピーターを探すとすぐ横にいた。棒切れを手にしていて、硬直した顔で下を見ていた。その視線の先をたどると、船員が倒れていた。

船員は陸揚げされたマグロみたいに、物体となって横たわっていた。

顔をのぞく勇気はなかった。灯に照らされて頰のあたりの血が赤く光っていた。

ピーターが足で船員をつつくと、何の反応もなかった。

その瞬間、ふたりは弾《はじ》けるようにその場から逃げ出した。

無言のまま、靴音を鳴らして、全力で駆けた。

真夜中の波止場で、煉瓦《レンガ》の倉庫や街灯のポールや、停泊中の貨物船や錆《さ》びたコンテナや、野良猫やフクロウや、すべてのものが「見たぞ」と嗤《わら》っている気がした。

おれは人を殺してしまった！　とうとうやってしまった！

走りながらそう心の中で叫ぶと、激しい絶望感が胸いっぱいにあふれ、このまま死んでしまいたい気分になった。

寝ぐらに帰ると本格的に体の震えがやってきた。ピーターとはひとことも口をきかなかった。黙っているとだんだん記憶が甦ってきた。あのときピーターは棒切れを振り回していた。それが船員の後頭部にヒットして、ジョンは船員の腕から解放された。そのあと、ジョンは渾身《こんしん》の力をふりしぼって、ブラスナックルをはめた右の拳を船員のこめかみへ——。

毛布を頭から被ってジョンは震えていた。

これでもうおれの人生は終わりだ。まだ十九歳なのに——。


まるで眠れないまま午後までベッドでじっとしていて、三時になると待ちかねたようにジョンは近くの売店へ地元夕刊紙を買いに行った。まとめて二、三紙買った。そうして公園のベンチに腰かけると、社会面の記事を隅から隅まで緊張しながら読んだ。途中からピーターがやって来たので手分けして読んだ。

記事に殺人事件はなかった。

何度読み返しても、昨夜波止場で死体が発見されたという記事はなかった。

体中の緊張がいっきに解けた。二人で顔を見合わせた。ピーターが「よかった」と言葉を詰まらせながら溜め息をつき、つられてジョンも大きく息をもらした。

まったく驚かせやがって。やつは気絶しただけだったんだ——。

ジョンは目に涙を滲《にじ》ませて大笑いした。ジョンとピーターは肩を抱き合ってよろこんだ。

いつまでも公園で笑いあっていた。

しかし、その安堵感も長くは続かなかった。

考えてみれば、ハンブルクのザンクト・パウリ地区といえば暴力と欲望の遊園地として知られる最悪の不夜城だった。どぎついネオンが四六時中またたき、ブロックごとに娼婦や女装したオカマが立ち、麻薬や武器の売人が跋扈《ばっこ》し、ギャング同士の抗争も日常茶飯事だった。たかだか外国人船員が路上で殴り殺されたくらいのことは記事にならない可能性が大いにあったのだ。

罪作りなクラブの用心棒のひとことが、ジョンの心に以後消えない暗雲を垂らした。

「オカマのミハエルが刺し殺されたときも記事にはならなかったぜ」

こうしてジョンは、自分は人を殺したかもしれないという強迫観念のとりこになったのだった。

ジョンは残りのハンブルク滞在中、薬の効いている間をのぞいて、一度として心が休まったことはなかった。いつ警察が踏み込んでくるかと怯《おび》え、小さな物音にも過敏に反応した。もちろん追いはぎはあれっきりやめた。そんな勇気はどこを探してもなかった。

ハンブルクを離れても、その思いは定期的にやって来てジョンを悩ませた。とくに有名になってからは失うものの多さに途方に暮れ、手に負えない焦躁感と戦った。いっそ教会に駆け込んですべてを告白しようかとすら思った。

そして今宵《こよい》も不安の塊がごろごろと不気味な音を立てて転がってくる。

ジョンはシカゴのホテルで記者会見に臨んでいる。他のメンバーはいない。会見場の雛壇《ひなだん》のうしろには黒幕が張られ、正面からスポットライトがジョンを照らしている。どうして自分一人なのだ。せめてマネージャーのブライアンくらいそばにいてくれたっていいじゃないか——。目の前では、リバプール四人組の一人を吊し上げてやろうと、世界中の記者たちが舌なめずりして待っている。

ジョンはブライアンから事前に渡された原稿を読む。

「三ヵ月前にぼくがロンドンのコラムニストに語ったことは、前後の脈絡からまったくかけ離れて引用され、誤った解釈をされています。つまり、ぼくは我々がキリストよりポピュラーであるなどと言ったのではなく、ただ、いまや多くの人にとって我々のグループの方が身近であり、よく知られているという客観的事実を述べたに過ぎません。ぼく自身は敬虔《けいけん》なキリスト教徒というわけではありませんが、だからといって反キリスト的思想を持っているわけではないのです。この機会にぜひみなさんの誤解を解いておきたいと願っています」

そう読み終えて正面を見ると、髪を七三にきれいに分けたラジオ局のインタビュアーが挙手をする。

「あなたはコンサート・ツアーを敢行《かんこう》するつもりなのですか」

「もちろん、そのつもりさ。キャンセルするとファンが悲しむだろうしね。……そもそもあれはイギリスについて言ったことなんだぜ。どうしてアメリカがこれだけ騒ぐのかよく理解できないよ。ぼくの方がキリストより偉いと言ったわけでもないし、あんたたちの神様を愚《ぐ》弄《ろう》する気はないんだ。わかっておくれよ」

「子供たちに対する影響をどう思ってますか？」

「何とも思わないさ。戦争で殺し合う人間になるくらいなら、ポップ音楽を聴いて踊っていた方がいいんじゃないかな」

一瞬の間がある。

「……ミスター。要するにあなたは謝る気はないんですか？」

ジョンはカッとする。これだからマスコミは嫌いだ。やつらは自分たちに社会的制裁を下す権利があるとでも思っていやがる――。

「……ないね」

会場がざわめきはじめる。

そんな気あるものか。こうなりゃ公演はキャンセルしたっていい。どうせツアーなどもうこりごりなのだ――。

そのときインタビュアーの目が意地悪く光り、フンと鼻を鳴らした。

「じゃあ、ミスター。他のこともぜひ聞いておきたいのだがね」

「ああ、なんだい」

「一九六〇年にあなたはハンブルクで英国人船員を殺害してますね」

ジョンの体からザッと血が引き、顔面がみるみる蒼白に変わっていく。

右手が震え出し、それを左手で押えたら今度は全身がガタガタと揺れた。しどろもどろになっていると、会場のざわめきはやがて静寂へと移り、全員がまるで憐れな動物でも見るかのような目でジョンを凝視していた。

一瞬にして口の中がからからになり、ジョンの視線は宙をさまよう。

ふと視界の端にブライアンが立った。

たのむよ、ブライアン。た、助けてくれ――。

ブライアンは無理だよと言わんばかりに静かにかぶりを振っている。

おい、それでもマネージャーか――。

ブライアンは冷たい声で言った。

「ジョン、いまこそ罪をつぐなうんだ」

背中でバンと音がして黒幕が落ちた。ハッとして振り返ると、そこには警官が数人立っていた。真ん中の背広の男が手帳を見せて、地獄の底から響くようなバリトンで言った。

「ジョン。ハンブルク市警の警部補だ。これに見覚えがあるね」

ビニール袋に入ったブラスナックルを差し出した。

どうして、そんなものを――。

「君のマネージャーから密告があったのだよ」

あわててブライアンを見た。

ブライアンが冷酷な目で笑う。

「ジョン、さんざんぼくをからかった罰さ。オカマのユダヤ人だって？　よくもそんなひどいことを……」

場面が観覧車のようにクルクルと回った。

突然暗闇の世界に放り込まれ、真っ逆さまに、どこまでも落ちていった。

目を覚まさなければ、アルゼンチンまで落ちていっただろう。


この現実感はいったいなんなのだと、ジョンはベッドで一人くじけていた。

夢のくせに、どうしてここまで細部にわたって後味を残すのだ——。

まるで、実際あの場にいたようにジョンは衰弱していた。

もうたくさんだ。ぼくが殺したと認めてもいい。でもどうすればいいんだ。ハンブルク警察へ自首しろとでも言うのか。もうかれこれ二十年も前のことじゃないか。もう時効だよ。たのむから許してくれ——。

もう悪夢はごめんだ。おまけにこの夢はまだ最悪のものではない。順位からいけばまだ三番手くらいのものだ。もしかするとこれは、もっと厭な夢がくる予告編なのか？

寝返りを打つと隣のベッドではケイコが寝息も立てず静かに眠っていた。時計を見ると午前四時を回ったところだった。疲労感が背中に張り付いていたが、とても寝直そうという気にはなれなかった。

ジョンはベッドから降りるとそっと寝室を出て、隣のジュニアの部屋をのぞいた。夏布団を掛け直してやり、天使のような寝顔を見ると、チーズがとろけるように、少しだけ神経が落ち着いていった。

朝の到来がカーテンを透かして部屋の中まで伝わっていた。そのままジュニアのベッドにもぐりこみ、添い寝するかたちで横になっていると、ジョンはいつの間にかうとうとと浅い眠りについた。

気がつくとジュニアがベッドで跳ねていて、どうやら彼は朝目が覚めたら隣にいた遊び相手に大よろこびしているらしかった。

「ダディ！」ジュニアがはしゃぎながらジョンに馬乗りになる。

「ハーイ、ジュニア」ジョンがジュニアをくすぐり、嬌声《きょうせい》が部屋に響く。ジョンも笑顔を見せる。悪夢の余韻はかなり消えていた。

「どうしてダディはここで寝てたの？」

「うん？　そうだな、ジュニアがおねしょしてないかと思ってさ」

「ぼく、おねしょしないよ」

「わかってるさ」

ジュニアの足が下腹部を踏みつけ、ジョンはウッと呻き声を出す。そうだ、自分は腹痛と便秘を抱えていたのだと気づいた。

「ダディのおなか、変な音がするね」ジュニアが愉快そうに笑ったところで、ジョンは昨夜便秘薬を飲んだことを思い出した。そういえば下腹部が、多少の鋭角的痛みを伴って派手に鳴っている。

「ジュニア。お遊びの時間はこれで終わり。パパはちょっと用事があるからね。タオさんが来るまで部屋で待っててね」

ジョンは唇をとがらせるジュニアを残して階下に降りると、板の間のソファに横になって腹部のマッサージをはじめた。いいぞいいぞとジョンは思った。便秘をして以来、こんなに派手な腹の鳴りかたははじめてだった。もう少し待てばこれが本格的な便意につながるという予感があった。いまも便意はあるのだが、これくらいでトイレに駆け込んではせっかくの便秘薬の効き目を無駄にする気がした。そうだ、これはフィッシングの極意なのだ。かかったと思って力まかせに竿《さお》を引き上げる奴は愚か者である。ためにためて、ここぞというところでいっきに引く。排泄《はいせつ》も同じなのだ。もう少し待つのだ——。

ジョンは両手で下腹部をマッサージしてときを待った。指を立てておなかの上下左右に潜り込ませ、大腸の動きに拍車をかけた。両膝を立てて、腹にたるみをもたせてゆっくりとマッサージした。

だが、便意は盛り上がらなかった。

いや、地道にボルテージを上げてはいるのだが、これだと納得する地点までいかないのである。三十分たっても六、七割の便意のままなのだ。

しびれを切らしたジョンはトイレへ行くことにした。

（きばってみよう）。最初の排泄がたとえ少量でも、それが呼び水となって大量に放出されることだって考えられる。このまま便意がうやむやになることの方が怖い。

ジョンはパンツを下げてしゃがんだ。少し深呼吸しておもむろに力を入れた。

ふんむっ。おおおおおおおっ。

呼吸を整え直した。

両腕で膝を抱え、腹部を圧迫するようにしてもう一度力んだ。

ふりゃぐばばばばばっ。

そのとき、恥骨の上あたりにこそばゆいものを感じた。

ジョンは（これだ！）と思った。これが真の便意だ。街中で突然やってきて多くの善男善女を青ざめさせる急激な便意。血の気がサーッと引くようなイントロ。

（いまだ！）

ジョンは渾身の力を込めて力んだ。

うりゃりゃりゃりゃりゃーっ。おおおおおーっ。ふがばばばばーっ。

出なかった。

おい、こりゃどうしたことか、とジョンは首を捻った。

とりゃあああああああっーっ。

まだ出ない。

(どうなってるんだ? どうして出ないんだ!)

自問自答したがわかるはずもなかった。

ジョンはパンツを下げたまま立ち上がると、壁に手をついて体重をあずけた。足が痺れて膝から下に感覚がなかった。

(なんだって? 下剤でも便が出ないって?)

下腹部を押えると腹はぐるぐると鳴るものの、便意はもう彼方へ去っていた。

自分には便秘薬も効かないのか。ほんとうにどうなっているんだ——。

頭がくらくらした。放心状態で窓の外の森を見ていた。

もう何も食べたくなかった。薬を飲むために胃に何かを入れておく必要があるが、そんなことはどうでもよかった。ジョンの頭には便秘のことしかなかった。

すべての元凶は便秘にある。

便秘が片づけば、すべてが解決する。

なぜかジョンは強くそう思うまでになっていた。

商店街の店が開く時間を待ってジョンは薬局へ行った。昨日とはちがう店に行った。そして浣腸を買った。

「浣腸ください」

カウンターの薬剤師は眉のきりりとしたジョン好みの若い女だったが、構っている余裕はなかった。

「はい、子供用でしょうか大人用でしょうか」

「大人用です」

薬剤師はカウンターの中で屈むと小ぶりの箱を取り出し、ジョンの前に置いた。

「これでよろしいですか」

ジョンも聞いたことのあるイチジク浣腸であった。無言でうなずいた。

「百五十円になります」

こんなに安いのか浣腸は、とジョンは少し拍子抜けして千円札で払った。

「シール、お集めですか？」

「何？」

「シール。ここの商店街でやってるんですよ。十枚で一回クジが引けて、一等賞はハワイ旅行なんですけどね……ええと、わかります?」

わからなかったので首を横に振ってジョンは店を出た。

ジョンは家に帰って早速パッケージを開いた。ほんとうにイチジクの形をした浣腸がふたつ入っていた。

これでらくになるのだ、便を出すのだ、と心から祈りたい気持ちだった。

英文の説明書がなかったので二階のケイコを呼ぼうかと思ったがやめた。どうせ浣腸など使い方は世界共通なのだ。

ジョンは薄いピンク色のビニール製の浣腸を手にして、上にしたり下にしたりして眺めまわした。これをあそこに入れるのか……。

ええいっ、考えても仕方がない。やるしかないだろう——。ジョンは覚悟を決めた。

気がつけばお盆休みも真っ盛り、世間ではみんなが家族とリラックスしてすごしている時期だった。それなのにどうして自分だけが、こんなくだらないことで苦しまなくてはならないのかとジョンは腹が立った。こんな不公平があってたまるかと思った。

だめならそのとき考えればいい。まさか日本中の医者が休んでいるわけでもないだろう。探せばどこかで病院はやっているはずだ。現代の医療で大便が腸から出せないなんてありえないだろう——。

（よしっ）。ジョンは下半身丸裸になるとトイレの隣の風呂場に入り、浴槽の縁《ふち》に左足を乗せて小さく深呼吸した。目の前に大きな鏡があってこの情けない姿は覆い隠しようもなかった。それは人間の尊厳を持ち出したくなるような間抜けな恰好だった。ジョンはイチジク浣腸のキャップを外し、右手でお尻にもっていった。はじめて知ったが、肛門に挿入する角度は思ったよりうしろからだった。

ジョンは浣腸を根元まで入れると、ゆっくりと液の入った部分を押しつぶしていった。体内がひやっとするのを感じた。半分くらい注入したところで思い切り浣腸器を握りしめ、液の大半を大腸の中に入れた。

と同時に下腹部に悪寒《おかん》が走った。浣腸器を抜くと肛門をきりりと締めた。ぎりぎりまで待っていっきに出すのだ。

ジョンは風呂場の壁に両手をついて前屈みになって耐えた。下腹部は音を立てて鳴っている。液が一、二滴内股を伝って垂れてくる。（ああああ。ジョン、耐えるのだ）。自分を励ました。心臓がどきどき躍っていた。

ジョンは呼吸を止め、体を反らすようにして身悶《みもだ》えした。

じっとしていられなかった。ジョンは思い切って風呂場から出て廊下を歩いた。自分の呻き声が鼓膜を震わせる。肛門を締めていても液が垂れてきそうだった。

（も、もうだめだ。これ以上の我慢は人間に要求できるものではない。無理だ）

ジョンはトイレに駆け込み、便器をまたいで腰を落とした。

その瞬間、バケツの水をぶちまけたような音がして何物かが便器に放出された。

見るまでもなく、それは浣腸の薬液だった。下腹部の閉塞《へいそく》した感じは少しも変わっていない。

便は出なかったのだ。

少し力んでみたが何も動こうとはしなかった。それは蟻《あり》が象に戦いを挑むようなむなしい抵抗だった。

（こんなことってあるのか？）

ジョンは大きな溜め息をついた。と同時に溜め息などでは済まない事態に恐怖が体中から噴出し、心の中で盛大に叫んだ。

目の前が真っ暗になった。

どうしてなのだ。薬が効かないほど自分の便秘は異常なのか――。

ジョンは下半身裸のままトイレにいた。しばらくは動くのもいやでそこに立ちつくしていた。

とにかく、医者を探そう。

それしかない。

電話帳で片っ端から電話をするのだ。ケイコにやってもらおう。多少遠くたって構わない。ぼくは病院へ行くんだ——。

3

その医院は、二手橋《にてばし》を渡ってカラマツ並木の散歩道をしばらく歩き、ユースホステルを左手に見ながら斜めに路地を入った先に、ほとんどただの別荘という風情で建っていた。朽《く》ちかけたといってもいいほどの木造の洋館は、からまる蔦《つた》の濃い緑がよけいに侘《わび》しさを醸し出していて、人の気配さえないかのように思える。見方によってはウェールズあたりの廃村の、置き去りにされた郵便局に見えなくもなかった。そもそもこんな目立たない場所に開業するとは、どういった魂胆なのかジョンには理解しがたかった。ふつう町の医院というものは、できるだけ目立つ場所に診療所を構えるものである。それなのにこの《アネモネ医院》はまるで人目を避けるかのように、森の中にひっそりと建っている。鬱蒼《うっそう》と茂った木立は、旧軽井沢全体を覆っているカラマツの植林とは明らかに雰囲気を異《こと》にしていて、野生の匂いがした。なによりゆるく湿った地面がもう何百年も陽光というものを浴びていないことを物語っている。かろうじて建物のあるあたりだけが光を浴びるかたちになるのだが、なぜかそれは磨《す》りガラスを通した採光のように希薄で弱々しく、うっすらと浮遊する靄《もや》にいともたやすくた。

吸収されていた。生温《なまぬる》い空気が足元から昇ってきてジョンの首筋を撫でると、風もないのに木の葉が震え、カサカサという音が訪問者を迎えるようにジョンの周囲でにぎやかに鳴った。

　昨日ジョンがケイコをせっついて探してもらった結果、なんとか診療中だったのがこの《アネモネ医院》だった。なんでも夏場だけ軽井沢で開業しているという風変わりな医院で、ケイコは「シンリョウナイカ」だと言っていた。内科ならジョンに文句はなかった。

「ジョン、明日の午前十時に来てくれって。予約制らしいから遅れないでね。……そうよ、あなた一人で行くのよ。大丈夫、お医者さんも看護婦さんも英語が話せるそうだから。……歩いて行けるところよ。ほら、二手橋を渡ってユースホステルの先だっていうから、あなたがいつも散歩しているカラマツ並木からちょこっと脇に入ったあたりよ」

　ケイコは夕食の五目御飯をほおばりながらそう言うと、物憂げな笑みを浮かべ、ジョンの頬にキスをするのだった。

　ちょこっと脇に……というのは不動産屋みたいな嘘だった。ジョンは二百メートル近くも歩かされたし、道をまちがえたかと思って一度は並木道まで引き返しているのだ。まったくどういう場所に開業しているのだと心の中で文句を言った。

　もちろん今朝もジョンに便通はなかった。時間経過による自然治癒《しぜんちゆ》というわずかな期待を抱いたのだが、下剤も浣腸も効かない身にそれははかない望みだった。昨夜は夢を見るのが怖くて、睡魔と戦いながら考え事をして一晩を明かした。背中に張り付いた疲労はコールタールを厚く塗ったように重く沈鬱《ちんうつ》で、全身の気怠《けだる》さが下腹部の不快感をさらに増幅させていた。悪夢まで便秘のせいのような気がした。さすがにケイコもジョンの青い顔に「大丈夫?」と心配していたが、ジュニアの「ぼくのせいじゃないよ」には肩を揺すって苦笑いしているだけだった。

門の脇の鉄柵に《アネモネ医院》の看板はあった。片仮名は読める。アーチ型の門をくぐると滑りそうな敷石の先にはアールデコ調の玄関があり、森の暗さのためか昼間なのに電球がぼんやりと灯っていた。扉を押して入るとそこは吹き抜けのホールになっていて、見まわすと柱や壁のそこかしこに白人が好みそうな東洋趣味の装飾があった。いやこれはアラビア趣味だろうか、壁面装飾の唐草《からくさ》模様は一見するとアラベスクだ。それに足元には年期の入ったペルシャ絨毯《じゅうたん》が敷かれている。外観の放置ぶりと対照的に、内部はよく手入れが行き届いていた。左手に待合い室、その奥に受付らしきカウンターがあり、ホテルみたいにベルがあったので鳴らしたら、白衣を身にまとった少女といっていいほどの楚々とした看護婦が出てきて、「いらっしゃいませ」と言った。あまりの肌の白さと柔らかな頰の曲線に見とれていると、看護婦が首をかしげてほほ笑み、美少女は仕草まで可憐なものだとジョンは一瞬病気を忘れた。

保険証はないのだがと告げると看護婦は承知しているかのように「はい」とうなずき、ジョンから住所や氏名を聞いて手際よくカルテに書き込み、カーテンの奥に消えていった。待合い室のソファは年代もので、剝げた革に骨董的渋味を感じるもののさすがにスプリングは軋《きし》んだ音を立て、腰を降ろすと不意に体が大きく沈んだ。そうして天井を見ると、そこには花の蕾《つぼみ》が並んだような小振りのシャンデリアがあり、もしかしてあれがアネモネなのだろうかとジョンはぼんやり思った。ふと木の葉のくすぶった香りが鼻をくすぐる。香《こう》が焚《た》かれているようだ。あらためて観察すると変わった医院だった。しばらくすると名前が呼ばれ、ジョンは診察室に入った。といってもそこは本棚の並んだ書斎のように見えた。

「さあ、お掛けください。どうなされましたか、ミスター」

ドクターは流暢《りゅうちょう》なクイーンズ・イングリッシュを喋った。口をしっかり横に開いてTを律義に発音する。大袈裟《おおげさ》な抑揚はなくハイランドの湖面のように静かに耳に届く。ジョンはスツールではなく、一人掛けのソファに座らされた。

「ジョンと呼んでくれていいよ。ドクター」

ドクターは「わかりました、ジョン」と穏やかな口調で言うと、椅子の背もたれにゆっくり体重をあずけ、長い足を丘のようにきれいに組んだ。もう十年以上前、武道館で演奏したときのプロモーターもこんな感じの紳士だったことをジョンは思い出す。ほどよくグレーが混ざった髪はきれいに七三に櫛《くし》が入れられ、鼻筋が品よく通っている。その顔に懐かしい感じがするのは、建物のせいもあるのだろうか。ちょうど五十年代のポートレイトを見ているみたいな気になる。昔の顔、なのだ。

「便秘、なんだけどね」

「ほう」ドクターは椅子を回転させるとカルテに書き込みをはじめた。

「それもかなり深刻なやつでね。ほとほとまいってるってわけさ」

「苦しいのですか？」

「死にそうさ」

ジョンが投げやりに言うと、ドクターはかすかに苦笑する。

「何日目ですか？」

ジョンは上を見ながら頭の中で暦《こよみ》をめくった。今日が十二日だから……。

「八日目……かな」言ってみてその深刻さに気が滅入《めい》った。「問題はそれだけじゃない。実はね、便秘治療薬も浣腸も試したんだけど効かなかったんだ。ドクター、浣腸の効かない便秘ってあるのかい？」

ドクターはそれには答えないで聴診器を取り出すと、Tシャツをまくりあげるように指示し、冷たい金属の円盤を胸や腹に当てた。続いて言われるままにTシャツを脱いで脇の診察台に横たわった。ドクターは軽く咳ばらいして下腹部のあちこちを触った。

「どこか痛いところは？」

「いや、具体的にどこがっていうわけじゃなくて全体的に重苦しいんだけどね」

ついでに、三、四日ほど前にも医者にかかり、そこで血液検査もレントゲン検査も受けて異常が見つからなかったことを話した。

「そのお医者さんは？」

「さあ、墓参りじゃないのかい」

あっさり触診を終えると、うながされて台を降り、再び椅子で向き合った。

「とりたてて異常は見られませんね。盲腸とか、胆石とか」

「そうじゃなくって、便秘なんだよ」じれったくてもう一度聞いた。「ドクター、下剤も浣腸も効かない便秘ってあるのかい？」

「まあ、通常はないですけどね」

さらっと言うのでジョンはたちまち落ち込んだ。やっぱり自分の便秘は尋常ではないのだ。ポンプで吸い出す、開腹手術とおぞましい方向へと想像が膨らんだ。

「過去に便秘の経験は？」

「いや」

「毎日、規則正しく出してきましたか？」

「いや、不規則な生活が長かったから、出したいときに出すという感じだったけど」

「ところでお生まれは？」

何を関係のない話をするのだとジョンは思った。

「イングランドだけど……それがどうかしたかい」

「日本での生活は長いのですかな?」

おやおや、いつかケイコの言ってた環境の変化ってやつを持ち出すつもりか——。

「長くはないが、ここ四年ほど毎年夏は日本で暮らしているよ。今年がはじめてというわけじゃない」

「ほう、じゃあ日本に家をお持ちなわけですな」

「いいや、持っていない。東京ならオークラ、軽井沢なら万平ホテル。もっとも今年は妻の実家の別荘を借りてるんだけどね……ドクター、世間話はこれくらいにしてだね」

「ジョン」言葉をさえぎるとドクターは静かにほほ笑んだ。「たとえば世の中には、決まった場所でないと便が出ないという症例だってあるわけなんですよ。排便神経症というのですがね」

「それはちがうな。長く旅をしてきたけれど、どこでだってしたさ」

「あるいは、トイレに入っていて、誰かが入ってくるんじゃないかと無意識に緊張して、それが排便を止めてしまうようなケースもあるんです」

「それもちがうな」

「では、はじめての便秘でそれがかえって不安を呼んでよけいに出ない、というのは?」

それには少しだけ納得した。最近のジョンの朝のプレッシャーといったらない。今日は出るだろうかと不安と緊張が胸をよぎり、落胆して地の底へ真っ逆さまというパターンだ。

「ジョン、もうひとつ聞いてもいいですか」

「ああ、どうぞ」

「現在お住まいの家は和式トイレですか？」

はっとしてドクターの顔を見た。ジョンは急いで首を縦に振る。

「はじめのうちは異なる環境に対処できても、居心地の悪さを感じ続けているうちにストレスが溜まって、あるときそれがいっきに噴出するということもあるんですよ」

ありうる、とジョンは強く思った。あの姿勢は、自分が考えるところ、世界でもっとも他人に見られたくない恰好ではないかというのがかねてからの持論であった。そうすると、ドクターが先程言った《誰かが入って来たらどうしよう……》という無意識の緊張という説ともつながる。自分はもしかしたら、気づかないうちにそういった心理的緊張を抱えていたのだろうか——。

そう思うと心にわずかながら光が射した気がした。

ジョンが黙ってうなずいていると、ドクターは察したのか「当医院のトイレは洋式ですが、いかがですか？」と顎を軽く突き出して言った。

「これから、かい？」

「ええ、善は急げと言いますからね」

「でも、便意はまったくないんだけどね」

「浣腸ならありますよ」

ドクターは、相手を恥ずかしがらせないという配慮だろうか、真顔で事務的に言った。

どうしようかとジョンは思った。少なくとも考える余地はあった。近所のトイレを借りるというのは説明が大変だし、だいいち便意があってから探していてはその間に止んでしまう可能性の方が高い。あとは万平ホテルに部屋をとってそこのトイレで試みるという方法もあるが、それはいかにも大袈裟《おおげさ》な気がする。顔見知りの支配人は夫婦喧嘩でもしたのかと思うことだろう。その説明も面倒臭い。

ジョンはここでやってみるかなと思った。このドクターは信用できそうだし、不思議とこの診療所は気分が落ち着く。なによりここで便が出たらどれだけ素晴らしいことだろう。今日、すべてにカタをつけてケイコとジュニアの待つ家に帰る。そう想像するだけでジョンの心に風が通る。

「ドクター。もしご迷惑でなかったら」

ドクターは黙ってうなずくと、一旦待合い室に待機するように言い、ジョンは再びスプリングの軋むソファに体を沈めて呼ばれるのを待った。ふと外来患者が自分しかいないことに気づいたが、疑問は抱かなかった。予約制だというし、患者を待たせない方針なのだろう。十分ほどたってカウンターに看護婦が現れ、ジョンの名を呼んだ。近づいていくと新聞紙の包みを渡され、手に持つとそれは温かかった。

「体温程度に温めておきました」と看護婦は静かに言い、「冷たい薬液を大量に大腸に注入するのはよくないものですから」とジョンの疑問に先回りして説明した。そして待合い室とは玄関ロビーをはさんで反対側にあるトイレを指差し、「どうぞ、ほかに誰もいませんから、ごゆっくり」と気遣いを見せた。

入ってみるとトイレは広いうえに清潔な板張りで、そのことがジョンをほっとさせた。学校のようなタイルの冷たいトイレなら気をくじかれたかもしれない。そうして新聞紙の包みを開いたところでジョンは立ちつくした。(こ、これは……)。しばらく言葉が出なかった。その透明のビニールの物体は小振りのホットドッグほどの大きさがあり、その本体からは十センチほどの管がニョロリと伸びていた。浣腸というよりポンプと呼ぶにふさわしかった。まさしく病院の、プロフェッショナルな浣腸であった。

これを、するのか？　ほんとうに？　これに比べればイチジクなど子供の遊びみたいなものではないか——。

ジョンはこんな立派な浣腸があることに感動すら覚えた。そして人間の体はこれを受け付けるくらい丈夫にできているのだと妙な勇気すらわいてきた。

これって一回分、なんだろうなあ——。

最終兵器という言葉が浮かんだ。なんだかこれで出そうな気がしてきた。

「だめ、でしたか？」

ドクターはきわめて冷静に言った。そして真顔のまま手にしたボールペンで側頭部をポリポリとかいた。

期待が大きければそのぶん失望も大きい。ジョンは特大浣腸が効かなかったことに打ちのめされていた。もうどうにでもしてくれという気分だった。

効き目が凄いらしいことだけは身をもって体験した。十センチもある管を勇気を奮って肛門から挿入し、さらなる勇気をかき集めて本体を握りつぶすと、おなかの中はたちまちカッと熱くなり、その瞬間、全身を震わせる便意が頭のてっぺんから足のつま先までいっきに駆け抜けていった。まるで大腸を内側から溶かしているような強烈な刺激だった。レーシングマシンのエンジンに火を入れたように、ジョンのおなか全体が太いサウンドで回っていた。ほんとうにこれは人間用なのか、もしかしたらこれは馬とか牛とかの家畜用ではないのかと思ったほどだった。腰がガタガタと震え、歯がガチガチと鳴り、気が遠くなりそうになった。前屈みのまま、これ以上耐えるのは医療の範囲ではない、ナチの拷問《ごうもん》だってここまではやらないだろう、という地点まで我慢して便座にまたがったのだが……勢いよく出たのは薬液ばかりで、便器の中は濁《にご》ってもいなかったのだ。

「ここのトイレは落ち着けましたか？」

「ああ、いいトイレだよ。気にいったさ」

ジョンはソファに深くもたれ、足を投げ出した。

「じゃあ、和式トイレが原因というわけではなさそうですな」

「インド式でもロシア式でも関係ないと思うね」

「まあまあ、そう気を落とさないで。とにかく血液検査でもレントゲン検査でも異常が見つからないということは、あとは自律神経系の話になるわけで、そうなると目に見えないものですから基本的にはトライ・アンド・エラーでやっていくしかありません。緩下剤《かんげざい》を出します。しばらく通院してください」

「トライ・アンド・エラー？　トライはともかくエラーというのはちょっとね……」

「まだ若いんだから頑張りましょう」

若いと言われて少しだけジョンは気を持ち直した。もう数回分の人生を生きた気がするが、考えてみれば三十八歳という年齢はまだ体にガタがくる時期ではなかった。

「では、両手を前に出してください」

ドクターの指示にしたがってジョンは両手を差し出した。

ドクターはそれを握ると、てのひらを親指で揉《も》みはじめた。

「はい、肩の力を抜いてください」

言われたとおりにすると、いっそうてのひらが心地よくなった。

「ドクター」

「何でしょう」

「これは、何をしてるんだい」

「リラックスするためのマッサージですよ。あなたは排便に関してとてもプレッシャーをお感じのようですからね……。はい、背もたれにゆっくりと体をあずけてください」

ジョンはごく自然に瞼《まぶた》を閉じた。

「深呼吸をしてください。吐いたら全身の力を抜いてください。はい、大きく吸って。ゆっくり吐いて。大きく吸って。ゆっくり吐いて。吸って……吸って……吐いて……吐いて」

ジョンは体が左右に揺れているような錯覚を感じはじめていた。

「わたしの声は聞こえていますか」

ジョンはうなずいた。すると頭がうしろに引っ張られる気がして、そのまま背もたれのてっぺんに後頭部を乗せた。

(大きく吸って。ゆっくり吐いて)

ドクターの声がだんだん遠くなっていった。なんだか神経がとろけるような快感をジョンは味わっていた。

ジョンはカウンターで看護婦から薬をもらい《アネモネ医院》を出た。来たときよりも靄《もや》は濃くなっていて、空を見上げてもそれが晴れているのかどうかもわからなかった。木々の間には薄闇が、生き物が息を殺して潜むように溜まっている。ほんの二十メートルほど歩いただけなのに、振り返ると《アネモネ医院》はすっぽりと灰色の気体に覆われていて、昼間という気がしなかった。風は感じないのにあちこちで枝が打ち鳴り、葉が騒いでいた。遠くで船の汽笛のような音が聞こえ、気のせいだろうと思った。ますます靄が強くたちこめ湿気が肌にまとわりつく。苔《こけ》で足を滑らせないように下を向いて歩いていると、視界に人影が映り、顔を上げると斜め前に男が立っていた。

男は六フィートはありそうながっちりとした白人だった。ジョンは男をろくに見ないで軽い笑みで挨拶した。おおかたこの近くの別荘に住んでいる散歩中の外国人だろう。もともと軽井沢は英国人宣教師が紹介し、在留外国人のために拓《ひら》かれた避暑地だから珍しいことではない。そう思って通り過ぎようとするとこちらに近づいてくるので、ジョンはあらためて男の足元を見て、それが古めかしいブーツなのに気づいて不思議に思い、視線を上げるとそこにはマスクをした男の険しい顔があった。無言でジョンを睨《にら》みつけていた。岩を砕くアイリッシュ海の荒波のような、激しい目だった。

そしてジョンはジュニアとの会話を思い出して身を固くした。確か二、三日前のことだ。庭まで入り込んでジョンの所在を聞いた男がマスクをしていたとジュニアは言っていたはずだ。こいつにちがいないと思った。いったい何者だろう——。男のマスクは、日本人が風邪をひいたときにする布製の白いものではなく、労働者が工場で埃《ほこり》を吸い込まないように装着するカップ状のものだった。夏だというのに厚手のネルシャツを着込んでいる。少なくとも、この場にふさわしいいでたちではない。いかれたファンの訪問には慣れているが、周囲に人気《ひとけ》がないだけに状況がまずかった。

緊張しながら先制を打つつもりで「やあ」と声をかけると、男は目に敵意を充満させ「探したぜ」とドスのきいた声を出した。

「人ちがいじゃないのかな」

「いいや、おまえだ」

男は革のグラブをはめた拳を構えると、胸の前でボキボキと指を鳴らした。

ジョンの急所がひょいと持ち上がった。そして身の危険が決定的であることを知り、背筋に冷たい汗が流れた。男は明らかにジョンを待ち伏せていた。

ジョンは後ずさりしながら目をまわりに走らせ、何か身を守るものはないかと探した。話してわかる相手とは思えなかった。男はなおも近づいてきた。

「何か用かい」

声がかすれ、一瞬にして口の中の唾液が奥に引っ込んだ。分厚く肉のついた男の胸をあらためて眺めて、ジョンの動悸が高まった。

「とぼけやがって、このガキが。おれを呼ぶとはいい度胸だ」

そう唸って男は腕をのばしてくる。こいつは狂っているとジョンは思った。

「ま、待ってくれ。もしかしたらファンレターに返事を書かなかったとか、記念撮影を断ったとか、そういうことかな。だったら謝るよ。悪気があるわけじゃないんだ。仕方がないんだよ、ぼくたちの場合は……」

「ああん？　何をぬかしてやがる」

男はジョンの胸倉をつかむと軽々と引き寄せ、荒い息を吐いて「たっぷりかわいがってやるぜ」と凄んだ。

「ち、ちょっと待ってくれ」

若いころならいざしらず、いまになってこの大男と戦う自信はなかった。ここ数年はダイエットで体重が六十キロほどしかなく、ろくな運動もしていなかった。だいいち下腹部に異常を抱えていた。

「穏やかにいこうじゃないか。ぼ、ぼくは病人なんだよ」

「ふざけるな！」

ジョンはもう逃げるしかないと思い、力まかせに右膝を蹴りあげた。金的《きんてき》に当たってくれよと祈ったがそれは男の腿《もも》をかすっただけで、逆にそれが戦闘開始のゴングを鳴らすことになった。

男は頭突きをジョンの鼻っ柱に打ちこんできた。眼鏡が弾け飛んで一瞬にして視界が遠くぼやける。と同時に男の腕から解き放たれ、ジョンは背中から地面にたたきつけられた。男のブーツが唸りをあげて飛んできて、ジョンは体を回転させてそれをすんでのところでかわした。男がバランスを崩しているところでもう一方の足にしがみつき、男に尻餅をつかせる。ジョンはすぐさま立ち上がって並木道のある方向へと駆け出した。誰か助けてくれ！と叫ぶつもりが苔で足が大きく滑り、それは声にならなかった。つんのめっているところに男がタックルをかけてきて、あえなくジョンは男の下敷になった。男の拳がジョンの顔面をとらえた。久しく忘れていた拳の感触が甦り、殴られるとはこんなに痛いことなのかと妙なことを思った。そのまま二、三発殴られた。口の中が切れたのがわかり、むせかえると血がかすかに飛び散った。「ガハハハハ」男の凶暴な笑い声が森に響いた。

ジョンが腕で懸命に防いでも、男はその上からおかまいなしに拳を浴びせた。体をよじって半身になると今度は脇腹に拳がのめり込み、内臓全体がいっきに悲鳴を上げた。胃が焼けつくように熱くなり、ジョンは二、三度続けざまに嘔吐《おうと》した。血と汗と吐瀉物《としゃぶつ》が入り混じって顔がグシャグシャになった。

「ふん、きたねえ野郎だ」

男は馬乗りをやめるとあらためてジョンを立たせ、今度は右のショートフックがジョンの顎に炸裂した。銀粉《ぎんぷん》が視界のあちこちに舞って、体中の力が一挙に失われた。もう抵抗する気にもなれなかった。見知らぬ男に襲われる恐怖は、狂気に遭遇する恐怖と似ていた。

「おい、小僧」男が言った。「まだまだ終わっちゃいねえぞ」

もしかして自分は殺されるのだろうかとジョンは思った。

それはあんまりだ。ぼくが何をしたというのだ——。狂人に殴り殺されたポップスター。新聞の見出しが頭の中で躍り、ジョンは絶望的な気分になった。続いてケイコとジュニアの顔が浮かび、やりきれなさが全身を貫いた。死にたくないと思った。ジュニアが生まれてこの四年、ジョンを支えてきたのは生への渇望であった。セレブリティとして世の中の享楽と辛酸《しんさん》を舐《な》め尽くしたジョンが、人生の折り返し地点にきてはじめて得た安息の日々が、親子三人の静かな生活を送ることだった。ジュニアの入学式にケイコと出席し、運動会にはカメラを持って応援に行き、誕生日には手作りケーキでお祝いをする。一日の最初にはジュニアを抱きしめケイコにキスをして、一日の最後にはジュニアにキスをしてケイコを抱きしめる。そういったささやかな幸福と生活設計に、やっとジョンはたどり着いたのだ。

素直になるのに、ぼくは三十八年もかかったんだ。くそっ、神はいないのか。どうしてぼくはこんなところで死ななければならないのだ——。

いやだ、やられてたまるか！

不意に力が甦ってきて、ジョンの闘志に火がついた。男の拳を左腕で受け止めると、唸り声を上げて右ストレートを放ち、それは男の顔面をヒットしてマスクを跳ね上げた。

「ほう、まだ元気はあるようだな」

男は不敵に笑うと、その場でマスクを脱ぎ捨てた。そこには口から左頬に大きく裂けた傷《きず》痕《あと》があり、肉がミミズをはわせたように盛り上がっていた。

こいつ、ほんとうに口が裂けていやがる――。ジュニアはこれを見て《口裂け女》の話をしたのだろうか。

ジョンの頭でもうひとつ、何かが瞬《また》いた。それは奇妙な既視感だった。

男はもう一度間合いを詰めると、前蹴りを繰り出し、ジョンが手で受け止めたところでいっきに体をあずけてきて肘《ひじ》をジョンの鎖骨にぶち当てた。衝撃が走り、一瞬息が止まった。だめだ、こいつは場慣れしていると思った。狂ったファンのくせして、どうしてこんなに喧嘩が強いのだ――。

ジョンはクリンチで逃れようとして男に抱きつき、懸命に離れまいとした。男はジョンの腕をほどこうと肘打ちを肩に落とすが、反動が足りないためそれほど効かなかった。ジョンは夢中で男を押し込んでいく。なぜか男の体からはスカラップの臭いがした。ギトギトとした安手の油の臭いだった。

男は力まかせに体をねじると両腕を十字にしてジョンの顎にはさみ込み、首を絞めるようにジョンを引き離しにかかった。ジョンの体が反り返り、こらえきれなくなって腕がほどけた。うしろへ倒れる際に咄嗟《とっさ》に男のシャツをつかむと、釦《ボタン》がきれいに弾けて宙に舞った。背中に地面の接近を感じながら視線をさまよわすと、男の胸がはだけて、ドラゴンがそこで妖《あや》しく踊っていた。

　ジョンの目の前で、ドラゴンの刺青が荒く息をついていた。

　二十年前、ハンブルクで目に焼きついた、あの船員の胸だった。

　一瞬にして頭の中が真っ白になり、何も考えられなくなった。ジョンは尻餅をついたままの姿勢で凍りついていた。

「おい、立てよ、にいちゃん」

　男はまだやる気で、指を二本立てて揺らした。途端に胸からわけのわからない感情があふれ出て、ジョンの内側はウォッカでも飲み込んだように熱くほてった。その熱いものはすぐさま首筋を逆流し、喉を突き破って頭を裏から痺れさせた。

「あ、あんた……」

　ジョンはかろうじて声をふり絞った。

「生きてたんだね」

「なんだと馬鹿野郎！　あれっぽちのことで死んだとでも思っていやがったのか。さあ、立てっ。おれの腹の虫はまだおさまっちゃいねえぞ」

「あ、あんた、ほんとうに生きてるんだね」

　ジョンは立ち上がると、よろよろと男に近づいていった。口元は安堵でゆるみ、目には涙があふれていた。

男は一瞬たじろぎながらも拳を繰り出し、ジョンは苔のむした地面を転がった。

ジョンはそれでも立ち上がり、まるで生き別れた肉親とでも再会したように両手を広げ、歓喜の顔で男に向かっていく。

「な、なんだ、てめえは。気でも触れやがったか」

「よかった。ほんとうによかった」

ジョンは涙声だった。

「何がよかっただ、この野郎！　おれはなあ、てめえのおかげで九針も縫っちまったんだぞ。これを見ろ。女房にだって気味悪がられてんだぞ。どうおとしまえをつけてくれるんだ」

「ああああ……」

ジョンは泣き崩れてしまうのだった。

「おい、なんなんだ、てめえは。気持ち悪い野郎だな。泣いて済むと思うなよ。もう一人はどうした。俺様を棒切れでたたきやがった野郎は」

「ああピーターかい？」しゃくり上げてジョンは言った。「あいつはもういないよ」

「くたばったのか」

「そうじゃなくて……あいつはとっくにバンドを辞めて職安に勤めてるんだ」

「ほう、面白《おもしれ》ェ冗談だ」

「とにかく、生きててくれてよかった。ありがとう」

「ありがとうだァ？」

「いや、悪かった。全部ぼくが悪いんだ。もう好きなように殴ってくれ。あんたの気の済むようにしてくれ」

ジョンは男の肩に手を置くと、あらためてさめざめと泣いた。

「な、なんだてめえ、変な野郎だな。そ、そう言われると、おれだって……」

男は気勢をそがれたのか声のトーンを下げてわずかに後ずさりした。

「いいさ、好きにしてくれ。あんたを殺してしまったんじゃないかと思ってぼくはずっと苦しんでたんだ。今日、ぼくは解放されたよ」

ジョンはまるで子供のようにしゃくりあげていた。

いかっていた男の肩がスルリと落ちて、そのまま二人でしばらく黙った。

男はマスクを拾うと手で土を払い、ポケットにしまいこんだ。

「おい小僧」

「うん？」

「船員相手にちょくちょく悪さしてたってのは、みんなてめえらの仕業か」

「いや、ぼくたちは三、四回だよ」

「そんだけやりゃあ充分だ！」

「いや、ほんとうに申し訳ない。だから、ほら……」

「やかましい！　おれはなあ、女子供と無抵抗のやつは殴らない主義なんだ。いいか、てめえの顔は覚えたからな。今度こういうことがあったら半殺し程度じゃ済まねえぞ」

「もうしないさ」

ジョンは男の手をとると涙目でそれを振った。

「変わってんなあ、おめえも。それになあ、話を聞けば、おまえもまあ、そんなに悪いやつじゃなさそうだし……」

男は呼吸を整えて咳ばらいをした。彼はまさに純朴なジョン＝ブルだった。

「おめえ生まれはどこだ」

「リバプールさ」

「そうか、おれはマンチェスターだ」

「そう、昔あそこのタウンホールで公演したことがあるよ。いい町だね」

「……おめえ、ほんとうにおかしいんじゃねえのか」

男はわずかばかりの髪を手で撫でつけると、大きく深呼吸し、「じゃあな」と再びドスをきかせて言った。

「あ……」

もっと話していたいジョンをさらっとかわして、男は踵《きびす》を返すとゆっくりと森の奥へ歩いていった。大きな背中がさびしげに揺れ、シャツの色が淡く溶けはじめると、ほんの二十メートルほど離れただけなのに、男は靄の中に見えなくなっていた。

ジョンは何も考えられなくて、しばらくその場にたたずんでいた。

昼間なのにフクロウが鳴いて、その鳴き声に呼応するようにあちこちで鳥が短い嬌声を上げていた――。

もうひとつ、不思議なことがあった。

茫然《ぼうぜん》と家路をたどる途中、二手橋のところでまた橋が笑ったのだ。ケタケタと。

家に帰ってからが大変だった。食事中のケイコはジョンの顔を見るなり絶句し、蕎麦《そば》猪口《ちょこ》を食卓の上に落とすと、足のすねを卓の角で派手に打ちつけてケンケンをしながらジョンに駆け寄ってきた。かろうじて取り乱さなかったのは、ジョンがいたずらっ子のように肩をすくめてニヤリと笑ったからだろう。そして強い口調で詰問《きつもん》をはじめた。ジョンは「ちょっとした喧嘩さ」とつとめて明るく言ったが、もちろんそれでケイコが納得するはずはない。警察を呼ぶと息巻く。仕方なくジョンは、森で見知らぬ男にからまれ先に手を出してきたので応戦したこと、どうやら向こうは自分のことを知らないらしいこと、こっちもやられっぱなしではなかったこと、もう和解したので面倒なことにはならないことをいくぶん脚色して聞かせた。

「それにしたって……お医者さんの帰りだったんでしょ。だったらどうして引き返して手当を受けなかったのよ」

「うん、でもあそこは内科だからさ」

「それにしたって消毒薬や包帯くらい置いてあるでしょ。それに骨でも折れていたらどうするのよ。ちゃんと診てもらったほうがいいんじゃないの」

「いやあ平気さ。ほら、骨には異常はないさ」

ジョンが陽気に両肩をグルグルと回すと、ケイコは大きく溜め息をついて居住まいを正し、今度は恐い目で抗議をはじめた。

「ジョン、あなたはもう昔のテディボーイじゃないのよ。喧嘩を売られたからってそんなもの相手にしてどうするのよ。わたしやジュニアのこと、ちゃんと考えてるの。やっとみんなで普通の暮らしができるようになったのに、もしものことがあったらどうするのよ。ねえジョン、わかってるの」

最後は涙声になるケイコだった。

「ごめんよ」と謝りながらジョンの鼻もツーンときた。家族のいるありがたさに、不覚にも涙がこぼれそうになった。

手当はケイコとタオさんが二人がかりでやってくれた。オキシフルで傷口を消毒すると、赤チンを塗りたくり、かなり大袈裟に包帯が巻かれた。ぶつぶつと機嫌の悪い母としおらしく首をうなだれている父を、ジュニアがそばで不思議そうに見ていた。

昼食は無理を言ってタオさんにスカラップを揚げてもらった。「あら、旦那さん、すっかりお芋の天麩羅《てんぷら》が気にいったみたい」とタオさんはひとりごとを言っていた。口の中を切っていたのであまり食べられなかったが、鼻を近づけるとあの船員のシャツの臭いが一瞬だけ甦ってきた。

そうして板の間のソファに横になると、たちまち瞼が重くなってゆき、睡魔が手招きしているのがわかった。不思議な充足感があり、ぐっすり眠れそうな気がした。体のあちこちは痛かったが、ジョンの胸の底には甘美な思いが小さく残った。

4

朝になるのを待ち切れずにジョンはベッドから起き出し、昂《たか》ぶる気持ちを落ち着かせ、トイレに入ってゆっくりとしゃがみ込んだ。

昨日《アネモネ医院》でもらった下剤の効き目は確かにあった。便意があるのだ。その薬は十数滴をコップ半分の水に垂らして飲めば翌朝には効果が表れるというもので、医師の処方ということがジョンを少しだけ元気づけていた。プロの医師がジョンの体を診断したうえで出した薬なのだ。薬局で買い求めたものとはわけがちがう。昨夜からジョンの下腹部は、別の生き物でも潜《ひそ》んでいるかのように鳴りに鳴っている。まだ夜も明けやらぬ午前四時に、薬は効果を発揮したのだ。

便意特有の痒《かゆ》みにも似た感触は、いまや首から背筋を通って恥骨付近まで達していた。大腸の中はすでに水気を大量に含んだ例のもので膨れ上がっているのだ。あとはこの閉塞感《へいそくかん》の元凶となっているコルクの栓を抜くだけだった。

ジョンはおそるおそる力んだ。

そのときポトリと何か滴《しずく》が便器の水溜りに落ちた音がした。

ジョンは背中に鳥肌が立つのを覚えた。不思議と手応えはなかったが、確かに大腸を通って中のものがスルリと落ちた。

ジョンは思い切って力むことにした。おとこジョン、ここが一世一代の踏ん張りどころなのだ、と自分を鼓舞《こぶ》するよう言い聞かせた。

大きく息を整えた。（さて、と）。

どおりゃあああああーっ。

ふっむむむむむむむむーっ。

出なかった。

ちょっと待てよ。どういうことなのだ——。

もう一度ジョンの腹部が激しく鳴った。

よし、これだ！　これに乗るのだ——。

ふがばばばばばーっ。おおおおおおーっ。

次の一瞬、悪寒がジョンの全身を駆け抜け、豪雨のような音が便器に響いた。

出たああああーっ。出た出た出た——。

いま、確かに便が背中の裏側あたりをたどって放出された気がする。

出たのだ。出たのだ——。

ジョンは腰を浮かすと前屈みで便器をのぞいた。

「…………」

しばらくその姿勢でいた。

何ともいえない失意がジョンを襲った。確かに大腸内のものは出た。しかしそれは便器内に張られた水をわずかに濁らせる程度の液体でしかなかった。それは何か巨大な物体、もちろんそれは溜まりに溜まった便の塊であろうが、その脇をくぐって出てきたゲリラ部隊のようなものでしかなかったのだ。

本隊はどうした？

ジョンは我を忘れて力みまくった。

こめかみに血管が浮くのが自分でもわかった。

顔が熱くなり、額を汗が伝った。肛門に指を突っ込んで引っ掻き出したい衝動に駆られた。

そのときジョンの右下腹部に激痛が走った。

あたたたたっ。もうだめだ。いちばん最初の、病院に駆け込んだときの痛みがまたはじまってしまった――。

しばらくそのままの姿勢でうずくまるしかなかった。

もうジョンの足は痺れて満足に立てなかった。ジョンはあちこちにつかまりながら、やっとのことで板の間のソファに戻ると、医者がやったように腹を張って痛い右下腹部に指を立ててもぐりこませ、触診を真似てあちこちをまさぐった。するとさっきの激痛が嘘のようにやわらいでいて、とりあえず虫垂炎でないことに安心したが、一方ではいっそ虫垂炎のほうがらくじゃないかと思いはじめていた。手術して盲腸を切れば治るのだ。ついでに便も取り除いてもらおう。こっちのほうがずっと簡単ではないか。

ジョンは力なく溜め息をつくとソファで仰向けになった。そうすると下腹部が痛くて張るので仕方なく両膝を立てた。

少しうとうとしたあたりで、ジョンは今度は胸に異常を感じはじめた。

以前、悪夢を見た晩と一緒だった。わざとおくびを吐き続けないと呼吸がしづらい。さっきからなんとなくおくびが気にはなっていたが、ここにきて連続して喉からガスを吐かないと、うまく空気が取り込めないのだ。そしてそれは一旦意識すると後戻りのできない症状だった。気にすればするほど、呼吸がつらくなってゆく。もしかして下剤が合わなかったのかと思ったが、理屈に合いそうもないので頭の中で打ち消した。

よし、落ち着こう。この前もしばらくしたら止んだのだ——。

ジョンは立ち上がると大きく深呼吸した。そして胸に手をやった。それほどの動悸はない。テレビの上の置き時計で脈拍を測ってみた。……七十八。またしてもいくつが正常なのかわからなかったが、あわてるほどのものではなさそうだった。

もう一度ソファに腰を落とし、投げ出した足をテーブルに乗せていちばん楽な姿勢をとった。そして右手で胸をさすった。

心配することはない。ほんとうに自分に深刻な異常があるなら最初の町医者がとっくに診断を下しているはずだ。彼は「緊急を要するものは何もない」と明言したし、心電図でも問題はなかったのだ——。ジョンは自分自身をそう説得した。

ジョンは息を吸ったりおくびを吐いたりをずっと繰り返していた。たまにガマ蛙《がえる》が鳴くような大きなげっぷ、というかガスが喉を通っておなかから出て、そのときだけジョンの呼吸はふつうに戻った。

何かしてみるべきだろうか——。三十分もそんな調子が続き、ジョンはじっとしていられない気分になったので、台所の冷蔵庫へ行ってミネラルウォーターを大量に飲んだ。まったく根拠はなかった。ただドラマなどで心臓発作を起こした人が水を求めるのが印象に残っていたからだった。別に変化はなかった。

次に胸を強く叩いてみた。これもとくに変化はなかったが、気だけは紛《まぎ》れた。

ジョンはふと自分が最初の町医者にもらった薬を飲んでいないことを思い出した。確か二種類の錠剤と一種類の粉末である。腹痛が慢性的なものになり、関心が便秘ばかりに向かっていたので勝手な判断で服用するのを止めていたのだ。でもあれは大腸の薬で、この胸の苦しさと関係があるのだろうか。いや、そんな理屈はどうでもいい——。とにかくいまのジョンは可能性があればどんなことでも試さずにはいられなかった。ジョンは冷蔵庫に入れておいた薬袋から一回分の錠剤と粉末剤を取り出すと、口に含み、再び大量のミネラルウォーターで流し込んだ。冷えた水が口元からこぼれて、首を伝ってTシャツを濡らした。ついでに頓服薬《とんぷくやく》として渡されていた「腹痛時」用も二錠飲んだ。これが関係ないことはわかりきっているが、むちゃという気持ちはなぜかなかった。嘘でもよいから効け。そんな気持ちだった。途中、大きなおくびが出て激しく咳き込んだがかまわず水を飲み続けた。

なんとなくスッとした気がしたので、ジョンはソファに戻ると今度は仰向けに寝た。右手を胸に置いたまま、大きく深呼吸した。心なしか、胸部が解放された気がする。そのとき喉の奥が盛大に鳴って、特大のおくびが出た。思わず周囲を見渡し、「失礼」とつぶやいた。

体中から余分な力が抜けていく気がした。

胸のつかえに、雲間から日が差すように通り道が開いたことがわかった。

ジョンは頭をソファの肘掛けにあずけて目をつぶった。よかった。何事もなかった。とにかく、助かった――。

しかしこれで胸の息苦しさは、わずかここ半月ほどで三度目だ。ジョンはそのことを思うと前途に不安を覚えずにはいられなかった。

柱時計が六つ鳴ったころタオさんが起きてきて、ジョンに具合はどうかと聞いた。

「死にそう」下唇《したくちびる》を剝いて答える。

「いけませんよ、旦那さん。お盆の間にそんなことを言ってると閻魔《えんま》さまに頭をたたかれますよ」

「エンマ？」

「そう、閻魔さま。お盆というのは、あの世から仏さまがやって来て……旦那さん、ホトケさまってわかりますか？　そうそう死んだ人のことですよ、その仏さまがわたしたちに元気でやってるかって様子を見に来る期間のことなんですよ」

ジョンはふと昨日の不思議な出来事を思った。

「だからわたしたちは、その仏さまをお迎えしなきゃならないんです。それなのに死んだりしたら、あの世の仏さまが帰って来るのにおまえだけがどうしてあの世へ行こうとするのかって、閻魔さまに頭をひっぱたかれるんですよ。昔はね、お盆の間に死んだ人には、閻魔さまにたたかれたらかわいそうだっていうんで、頭にすり鉢を被《かぶ》せてやったものですよ。あらやだ、縁起でもない。旦那さんがへんなこと言うからですよ。ところで旦那さん、朝は何を食べますか。……あら、スカなんとかって、またイモの天麩羅ですか？　いけませんよ、朝からそんな油っこいもの食べてちゃ。それはお昼に作りますから、朝はお粥を食べてくださいな」

　タオさんはいつものように一方的に喋ると、朝食の支度をするために台所に消えていった。

　そうか、お盆は死者が帰って来るときなのかとジョンはひとりごちた。ということは、昨日の船員はやはり死んだということになるが……。いいや、そうだとしても二十年もたっているから別のことで死んだのだろう。「九針も縫った」確かにあの男はそう言って自分に殴りかかってきたのだ――。

　朝食が済んでしばらくジュニアと遊んでいると、屋根が音を立てて反りくり返りはじめた。旧軽井沢の古い別荘は、そのほとんどの屋根が亜鉛鋼板《あえんこうはん》の薄造りなので、日が高くなって温度が上がるとまるで火事でも起きたようにパチパチと鳴るのだ。それがいつもより時間が早いので、今日は暑くなりそうだなとジョンは思った。

「ダディ、だれか上にいるの？」

　ジュニアはこの音を聞くと、毎日のように同じことを聞く。ジョンが「誰も」と言うと安心して忘れるのだ。

「あんまり暑いから屋根さんが悲鳴を上げてるのさ」

「ふうん。でもね、きのうもだれかうちにきたんだよ」

「ママのお客さんかい？」

「ちがうよ。おにわで遊んでたら、パパはいるかって」

思わずジョンは身を乗り出し、ジュニアの顔をのぞき込んだ。

「ねえジュニア、その人はマスクしてた？」

「ううん、してない。べつのおじさんだった」

えっ、別のおじさん――？


「あら、どうなさったんですか」

美少女の看護婦は両手を頰に当てると、ムンクの絵画のように口を丸く開け、そのわりには穏便《おんびん》な声でジョンに聞いた。

「うん、ちょっとしたアクシデントだよ、心配しないでおくれ……えーと、看護婦さんの名前は何だっけ」

「アテナ、ですけど……でも手当はちゃんとなさったんですか」

「ああ、消毒はしてるから大丈夫だとは思うよ」

「あら、目の縁《ふち》がこんなにきれいな痣《あざ》になって」

そう言いながらアテナはカウンターから出てきて、間近にジョンの顔をのぞき込んだ。きれいな痣という無邪気《むじゃき》な言い方が笑えたが、それよりジョンは美少女の馨《かぐわ》しい匂いに年甲斐もなくどぎまぎしてしまった。それは早春の花の蜜とベビーパウダーを合わせたような甘い香りだった。

「アテナっていうのは、日本ではよくある名前なのかい」

「いいえ。とにかくソファに座ってください。包帯は替えますから、いまのうちに取っておきましょう」

そういうとアテナはひざまずいてジョンの包帯をほどきはじめた。

「ここの《アネモネ医院》っていう名前も変わってるね」

「そうですか。あっ、ごめんなさい。痛くありませんでしたか」

「ううん、平気さ」

「《病気》と《期待》ですわ」

「え？」

「アネモネの花言葉。あとは《風の花》って意味もあるんです。ギリシア神話からきているんですけどね」

アテナは目を伏せたまま作業を続ける。おかげでジョンは美少女を眩しがらずに眺める幸運に浴することができた。

「どんな話なのかな？」

「……アドニスという没薬《ミルラ》の木から生まれた赤ん坊がいたんです。この赤ん坊の出生はとても複雑なので省きますが、あるときアドニスは出生の原因を作ったアプロディテに箱に詰められて、冥界《めいかい》の女王ペルセポネに贈られました。厄介払い《やっかいばら》みたいなものかもしれませんね。

ペルセポネは箱を開けたらあまりに可愛いらしい男の子が出てきたので大よろこびして、その子を溺愛《できあい》しました。自分の恋人のように、男の子を愛したのです。ところがやがて成長したアドニスの話を伝え聞いたアプロディテは、その子を自分の手元に置きたいと思うようになったんです。自分勝手なものですね。そこで二人の女神はアドニスを取り合うようになって、その裁決を裁判所に委《ゆだ》ねることになったんです。そこではこういう判決が下りました。出生の元となったアプロディテも育ての親のペルセポネも同等の権利を有する。しかしアドニスもこの二人の女神に一年中付き合っていたのでは身がもたないので、一年の三分の一はアプロディテと、同じく三分の一をペルセポネと、残りの三分の一を一人ですごしてよいということになりました。……でもアプロディテはその約束を守りませんでした。アドニスを独り占めしようとしたのです。そこでペルセポネはアプロディテの愛人である軍神アレスに言いつけて、怒り狂ったアレスは凶暴な大猪《おおいのしし》を野に送り出しました。アドニスはある日、狩りに出かけた先でとても手強《てごわ》い猪に遭遇しました。……あら、ごめんなさい。長い話になってしまって。大人の人には退屈ですよね」

不意にアテナが目を上げたのでジョンは赤くなって視線をそらした。たぶん自分は花の香にうっとりするような中年の顔をしていたにちがいない。

「いや、とても興味があるな。その続きは？」

「ええと、そう、アドニスが狩りに出かけたところですよね……彼は凶暴な猪に勇敢にも立ち向かったんです。でも軍神が派遣した猪ですからね、とっても強くてかなわなかったんです。アドニスは猪の牙で深く脇腹を刺されると、あえなく倒れてしまいました。ちょうどそのときアプロディテは白鳥の二輪車で天空を駆けていたのですが、アドニスの叫び声が聞こえると、あわてて下界に降りてきました。でも遅かったんです。アドニスは死んでしまいました。アプロディテは冥土《めいど》に行ってしまうアドニスのことを考えるといたたまれなくなって、ゼウスに懇願《こんがん》しました。あんな暗闇の世界にアドニスを行かせるのはあまりにかわいそうです、せめて夏の間だけでも私のそばに置いてください——。ゼウスはその願いをかなえました。アドニスの流した血から赤い花が咲いたんです。その花は風で開花し、二度目の風で散ってしまうほどはかない命の花ですが、それでもわずかの間だけこの世に甦ることを許されたのです。それがギリシア語の風、アネモスからきた《風の花》なんです。アネモネは夏になると、ほんの短い間だけ、とても美しい花を咲かせるんです」

聞いていて、ジョンはアドニスに同情した。まるで自分のことだと思った。

「ぜひ、その花を見てみたいな」

「無理です」

「どうして？」

「だって、現実には、日本のアネモネは春に咲くんですもの」アテナはいたずらっぽく笑うと、包帯を手に巻き取り、カウンターの奥へ歩いていった。「もうしばらくお待ちください、ジョン」そのほほ笑みは天使のそれに見えた。

「ほほう、便秘も九日目に入りましたか」

ドクターは驚いたふうでもない口調で言うと、昨日と同じく足を丘のように組んでカルテとジョンの顔を交互に見比べた。

「で、昨日お渡しした下剤は効かなかったわけですね」

「ああ、今朝がた少しは出たんだけどね。でもそれはわずかな液状のものだけでね、とても納得できる量じゃなかったな」

ジョンはあきらめ顔で首をすくめた。

「ふんふん、通常の便秘だと、あの下剤が効かない例というのはないのですけどねえ」

その言葉がジョンを落胆させた。やはり自分の便秘は異常なのだ。

「腹痛のほうは?」

「相変わらずだね。下腹部全体が重苦しいままだよ」

「……ところで、看護婦から聞きましたが、ずいぶん派手におやりになったんですね」

ドクターがジョンの顔の傷痕をチェックするように眺めまわした。

「ふふ、お恥ずかしい。まったく三十八にもなってね」

「それだけの元気があるということは」

「いや、人間いざとなったら病気も忘れるってだけのことさ」

「でも体は自由に動いた。わたしは見てはいませんが、きっとあなたはかなり激しく飛んだり跳ねたりした……」

（だから？）

「便、実はないんじゃないですか？」

新説であった。

「はあ？」ジョンはあっけにとられるしかなかった。

「今日、何か食べましたか」

「お粥を軽く一膳《ぜん》だけど……ほうれん草の入ったやつを」

「夕べは？」

「夕べは……山菜のうどんを半分食べただけかな。妻にいろいろ勧められたんだけど、どうにも食欲がわかなくてね」

「その前はどうですか？」

「うーん、覚えてはいないけれど満足に食べてないことは確かかな」

そういわれてみればジョンはまともな食事をここのところしていない。少しは食べないと思って御飯に箸を付けても、半分も食べられないのだ。スカラップは不思議と入るのだが、それでも量はしれている。

「便があるのかどうか、あなたは実際には大腸の中を見ていない。私も見ていない。そうですよね」

「ああ、そうだね」

「あるような気がしているだけかもしれない」

ジョンにはたとえ嘘でも支持したくなる魅力的な説だった。

「そんなことってあるのかい？」

「ありますとも。錯覚は誰にでもあります。想像妊娠とかがあるくらいですからね」

ドクターがすらすらと澱《よど》みなく答え、ジョンは思わず相槌《あいづち》を打っていた。

「さらに申し上げるならば……」ドクターはそう言うと足を組み直し、椅子を前に引いた。

「ほんとうは便をしているのに、していないと思い込んでいる場合も考えられます」

ジョンは意味がわからず眉間《みけん》に皺《しわ》を寄せた。

「不眠症という病気がありますよね。眠れないと訴えて悩む人たちの病気です。しかし、この病気の正体は錯覚なんです。彼らの大半は、ほんとうは眠っているのに自分は眠っていないと思い込んでいるだけのことなんです。人間は睡眠なしでは生きられませんからね、どうしても必要となれば、本人がどうであれ体が勝手に休むものなんですよ。そして排便も人間にとって必要不可欠なものである以上、システムとしては同じなんです。ジョン、あなたは、もしかすると毎日便をしているのかもしれない」

「…………」

　真顔で考え込んだのは、ジョンが藁《わら》にもすがりたい心境だったからだろう。

（そんなことってあるのか？）

「人間の記憶というのは必ずしも真実に基づいてはいない。記憶とは各自の頭の中で勝手に増幅されたり作り替えられたりするものなんです。たとえば、あなたが、あることで長年気に病んでいたとする。そうですね……仮に昔、あなたが誰かと喧嘩をして怪我を負わせたとします」

　ジョンは思わず顔を上げた。

「仮の話ですからね、気を悪くなさらないように。相手は、そうですね……目から血を流したとしましょう。それはあなたにとってとてもショッキングな光景だった。すると、それが心的外傷となって、あなたはありもしない妄想を抱くようになる。もしかして自分は人を失明させたんじゃないか……とね。その焦りに日々追い立てられるんですよ。ほんとうは瞼《まぶた》を軽く切っただけなのに、あなたはなぜか《失明》と結びつけて妄想に悩まされることになる」

　このドクターはほんとうに内科医なのだろうか。ジョンは目の前の男の顔をまじまじと見詰めた。

「思い込みは誰にでもあるということです。あなたの下腹部の重苦しさは便秘が原因ですか?」

「……いや、わからない」

「ほんとうに残便感がありますか?」

「…………」

「便秘というのは人それぞれですからね。一日に一回どうしてもしないと気分が悪い人もいれば、三日に一回でも平気な人もいる。極端な話一週間に一回でケロッとしている人もいる。平気ならばそれは便秘とは言わない」

「ドクター……」

「何ですか?」

「やっぱりぼくは九日間、便をしていないと思うよ」

「わかりました。それはそれでけっこうです。どっちにしろ腸の中が空っぽになるなんてことはないのです。わたしは今朝便をしてきたけれど、それでもまだいくらかは残っているしガスもある。それはけっして異常なことではありませんよ」

「…………」納得はできないが少しは気が楽になった気がした。

「昨日渡した下剤は刺激性の弱いものですから、気になるなら服用し続けてもまったくかまいません」

「あの、食事の制限なんかは……」

「ありません。ふつうに食べてください」

「いいのかい？」

「けっこうです」ドクターはきっぱり言った。

　勇気がわいてきた。よし、帰ったら飯だ——。

「ああ、そうだ」ジョンにはもうひとつ肝心なことがあった。

「ドクター、それからときどき息が苦しくなることがあるんだけどね」

「ほほう、それはいつからですか？」

「ここ半月くらいかな。実は今朝もあったんだよ」

「どんな具合に？」

「意識的にげっぷをしないと呼吸が苦しいんだ。それはグエッグエッとわざと体の中のガスを出すような感じで……。もしかすると腸が詰まっているからガスが喉から出るんじゃないかって思ってるんだけど」

　ジョンはおくびを実演してみせた。

「心臓の動悸は激しくなりますか？」

「いいや、動悸のほうはそれほどでも。脈拍を数えたら八十くらいだったかな」

「うーん、ま、あわてるほどの脈ではないでしょう。その息苦しさというのは突然来るわけですか？」

「いいや」

「徐々にやって来る、というか、そんな気がしてやがて苦しくなり、そのうち消えていくってやつですかな？」

「ああ、それですそれです」ジョンはそれそれというふうに首を縦に振った。

「ふんふん」

ドクターは聴診器を取り出すと、ジョンにTシャツをまくり上げるように促し、胸部のあちこちを聴診したり指でたたいたりした。続いて血圧を測定し、その数値をカルテに書き込んだ。

「とりたてて異常は見あたりませんね。血圧は上が百二十で下が八十ですからまったく問題ありませんね」

ほっとはしたが、同時に少し物足りなくもあった。

「ドクター、でもどうして息が苦しくなる症状が出るんだろうね」

それがジョンのもっかの気がかりなのだ。

「空気を呑み込みすぎる人っていうのがいるわけです。あなたの場合もそれにあたるのかもしれませんね」

「空気を呑み込みすぎる？」

「ええと、英語では何て言ったかな……日本語では《呑気症《どんきしょう》》って言うんですけどね」

「DONKEY SHOW？」

あまり人に自慢できる病名じゃないな、とジョンは場違いなことを考えた。

「自分で意識しないうちに空気をたくさん取りこんでしまうことですよ。今回はそのための薬も出しておきましょう」

よくはわからないがこのドクターなら信用しようと思った。実は便をしていたという説はさすがに信じがたいが、可能性がゼロというわけではない。気のせいだった！と信じたい、心から――。

「それでは、ジョン、両手を前に出して」

（おっ）。昨日と同じマッサージがまたはじまると思ったら心が小さく躍った。

「はい、肩の力を抜いてください」

ジョンは言われるままに肩の緊張を解き、目を閉じた。

てのひらのツボが刺激されているのだろうか、痺れるような快感が腕を伝って全身にゆっくりと及んでいく。

「大きく息を吸って……ゆっくり吐いて……大きく息を吸って……」

昨日と同じように体が揺れている感じがして、頭がうしろにやさしく引っ張られた。

（わたしの声は聞こえますか）

かろうじてうなずく。力を抜くとはこんなにも気持ちいいことかと思った。自分がソファと同化しているような気がした。

ジョンはカウンターで新しい薬を受け取ると、アテナの「お大事に」という言葉に心を温かくして《アネモネ医院》を出た。そしてドアを開け、目の前が深い靄《もや》で包まれていることに気づいて身を固くした。

昨日と同じだ。記憶が鮮明に甦ってきてジョンの胸がざわざわと騒いだ。続いてジュニアが今朝言っていたことが頭をよぎった。「別のおじさん」だって？　心当たりがいくらでもあるだけに、ジョンはのんきに構えてはいられなかった。今度は誰だ。あの船員の仲間だろうか。子供のころ泣かせた《鼻クソほじりのロビン》だろうか。それとも――。

ジョンは昨日の奇妙な出来事を、不思議な冷静さで受け入れていた。それは神秘体験をしたとか幽霊と遭遇したとかいった気負った興奮ではなく、もちろん恐怖でもなく、あえてたとえるなら、街で昔の自分とウリふたつの若者を見かけてしまったような軽い戸惑いだった。過去との不意な対面。現実と非現実がわずかに交錯し、そのどちらでもない世界が一瞬だけ出現する。ジョンは昨日の体験を「あったっていいじゃないか」と思い、他人にはもちろん自分に対しても大騒ぎする気にはなれなかった。

もっとも今日もとなると話は別だった。誰が来たのか見極めたいのはやまやまだが、二日続けて痛い目に遭うというのはあんまりだと思った。

ジョンはドアを開けたままうしろを振り返ると、まだカウンターで仕事をしていたアテナに声をかけた。

「アテナ」

「はい、なんでしょう」

「ちょっと頼みがあるんだけどね」

アテナが可憐に首をかしげる。

「その、変なことを言い出すようだけど、この先の並木道まで一緒に行ってくれないかな。いや、何ていうのかな、えーと……」

美少女という《現実》を連れていれば、過去との遭遇はないだろうと漠然と考えた。

「森が怖いんですか？」

アテナは冗談っぽくそう言うとウフフと笑った。

「いや、まったく恥ずかしい。実はそうなんだ。この靄ってやつにどうしても慣れることができなくてね」

アテナは口元に笑みをたたえたままカウンターから出てくると、玄関までやって来て「あら凄い靄」とあたりを見まわした。

「大丈夫ですわ」

「そうかい。いや悪いね」

「いいえ……一人でも大丈夫ですわ、ジョン」

アテナは母親のような毅然とした口調でジョンを送り出すのだった。

靄はまるで生き物のようにゆるやかに波打っていた。その粒子はたがいに触れ合って容積を増し、森が溜め息でもついたみたいに大きく膨らんでいく。もはや視界は木々の存在すら怪しくなり、門を出て二十メートルも歩くと、振り向いた先にアネモネ医院の姿は屋根の輪郭と玄関の明かりをかすかに残すのみとなっていた。ジョンは咳ばらいをひとつすると覚悟を決めて歩いた。予感めいたものが確信に変わっていた。自分はこれから誰かの復讐を受けるのだろう。それならそれでかまわないと思った。

足元に注意しながら、それでも視線は周囲にはわせて歩いていると、正面に人影が見えてきた。意外なことに心臓は高鳴らなかった。平静とはいいがたいが、諦めのようなものはあった。

その人影は女のものであった。さらに近づくと初老の婦人が立っているのがわかった。ジョンが目を凝らしておそるおそる顔を見ると、知らない白人の婦人が困惑した表情でたたずんでいた。

「申し訳ありませんが――」婦人の方から先に声をかけてきた。「ここはどこですか？」

「はい？」

「ごめんなさい。わたし、ここがどこだかわからなくて」

ジョンの体の力が抜けた。ジュニアの言っていたのは《別のおじさん》だし、どうやらただの道に迷った避暑客のようだ。

「すごい靄ですからね」

婦人の怯えたような態度をやわらげてあげようと、ジョンは紳士的な物腰で言った。

「そうね、まったくわけがわからないわ」

「それじゃあ一緒に行きましょう」

「あらうれしいわ。わたしを帰してくれるのね」

大袈裟なことを言う婦人だと思った。

「すぐそこが並木道だし、その先には二手橋がありますよ」

婦人が怪訝そうな顔をした。

「何なの？　そのニテバシって」

「ああ、軽井沢ははじめてですか？」

「いやだわ。わたし、ほんとうにどこに来たのかしら」

そう言うと婦人はますます顔を曇らせた。

「あのう、ミセス、あなたはどこからいらしたのですか？」

「わたし？　いやよ、そんなこと言いたくないわ」

「どうして?」

「どうしてって……」

ジョンにはわけがわからなかった。その間にもますます靄は深くなり、ジョンは雲の中にいるような錯覚にとらわれた。

「わたしだって来たくなかったわ、こんな知らない所。でも誰かがわたしのことを呼んだのよ。仕方なくて来てみたら……」

「ミセスはアメリカ人ですか?」

「ううん、イングリッシュよ」

その北部訛《なま》りを聞いてジョンはゴクリとつばを呑んだ。

「もしかすると……リバプールですか」

「そうよ、あなたも?」婦人の表情が一瞬やわらいだ。「ねえ、もしかすると……あなたなの、わたしを呼んだのは」

ジョンは言葉を失った。薄暗かった記憶のスクリーンが照度を増し、ぼやけていた焦点がゆらゆらと揺れて像をひとつにした。この婦人の顔には見覚えがあった。

「あら、あなた、どこかで見たことがあるわ――」

婦人もそう思ったのか、急に瞳を輝かせた。

「ねえねえ、言っちゃだめよ。……そうだわ、あなた、ジョンでしょ。まあ、なんてことでしょう！」

婦人は両手を広げ、信じられないという顔をして目を丸くした。そして満面に笑みを浮かべると、ジョンの頰を、子供をあやすようにペタペタと触った。

「そうだわ、ジョンだわ。なんてことかしら、あなたがわたしを呼んでくれたなんて」

「……ヘレンのおかあさん、ですよね」

ジョンの声はかすれていた。

「そうよ、わたしはヘレンの母親よ。まあうれしいわ、わたしのことを覚えていてくれたなんて」

なんてこったい、自分はいったいどうしてしまったのだろうとジョンは途方に暮れた。よりによって、こんなところでヘレンのおかあさんに会ってしまうなんて。しかも《呼んでくれた》だって？　忘れもしない、あの憂鬱な思い出。手作りのスコーンをごちそうになっておきながら、悪態をついて席を蹴ったあの忌《いま》わしい少年時代――。

口がきけないでいるジョンにかまわずヘレンの母は喋り続けた。

「あなたの活躍はずっと楽しみに見ていたのよ。すごかったわ、あのころは。わたしたち、寄ると触るとあなたの話をしていたものよ。だってリバプールが生んだ世界的スターでしょ。郷土の誇りよ。観光客がくるたびにみんなで思ったものよ。この町をこんなに有名にしてくれたのはジョンたちだって。わたしも鼻が高かったわ。ヘレンも自慢してたわよ。『わたしはジョンのガール・フレンドだったのよ』って。嘘ばっかり。ちょこっとお茶を飲んだだけなのにね、ウフフ。そうそうヘレンはね、もう三児の母なのよ。もう会ってもわからないと思うわ。だってわたしみたいにすっかり太ってしまったんですもの、ウフフフフ。ああ、でもどうしてわたしなんかを呼んでくれたのかしら」

《鼻が高かった》だって？　ぼくのことを厭なガキだと思わなかったのかい——？

「ジョン」

「はい」

「あなたもすっかりおじさんね、フフフ」

「いや、あはは。もう三十八だしね」

「そう、日本人の女性と再婚したところまでは知ってるわ」

「子供がいるんだ。男の子でね、ぼくと誕生日が同じで秋には四歳になるんだ」

「そう、それは素敵なことだわ。あなたもやっと落ち着いたのね」

「おばさん」

「なあに？」

「さっき《鼻が高かった》って言ってたけど、それはほんとうかい？」

「そうよ。当たり前じゃない。どうしてそんなこと聞くの？」

「いや、ぼくはおばさんにずいぶんひどいこと言ったことがあったから……」

「フフ。覚えてるわ」

「やっぱり覚えてる？」ジョンは胸が締めつけられる思いがした。

「忘れるものですか。ヘレンとあなたと一緒にティーをしていたときのことでしょ。ジョンったら顔を引き攣《つ》らせながら《おばさん、ここにはもっとましなマーマレードはないのかい？》だって」

　ヘレンの母はジョンの声色を真似て聞かせ、笑った。

「でもね、わたしはあなたの家庭が複雑なのは知ってたし、気にしなかったわ。それよりあなたが有名になってくれたことのほうがずっとうれしかったもの。わたしはいまでもあっちではジョンにスコーンをごちそうしたことがあるって自慢してるのよ」

「あっち？」

「ええそうよ」

「おばさん……死んじゃったの？」

「そんな言い方しないで。召されたって言って」

　ヘレンの母が芝居がかったふくれっ面をした。

「……ごめんね」

「ううん。寿命だもの仕方がないわ」

「それもだけれど……その、マーマレードの一件さ。あのころのぼくはいつもいらいらして、どうかしてたんだ」

「まあ、そんなこと気に病んでたの。わかったわジョン、わたしもう忘れるからそのことは言いっこなしよ」

「ありがとう」

「もしかして……あなたの用ってそのことだったの？」

「……たぶん、そうだと思う」

「まあ、あなたはほんとうにやさしい子なのね」

ヘレンの母はそう言うと、もう一度ジョンの頬を両手でさすった。

「帰ったらもう一度自慢しなくっちゃ」

「ねえ、おばさん」

「なあに？」

「あっちにはみんないるのかい？」

「そうよ、近所の人はね。そうそう教頭先生もいるわよ。最近召されたの」

「じゃあ謝っておいてくれるかな」

「何を？」

「いろいろさ。多すぎて具体的には言えないさ」

「フフッ、そうね。伝えておくわ」

「ありがとう」

「どういたしまして——。そうそう、ここはどこなの？」

「日本の避暑地だよ。妻の実家の別荘があってね。そこに夏の間滞在してるのさ。とってもいい所だよ」

「そう、しあわせそうでよかったわ。じゃあ、おばさんはもう帰れるのね」

「うん、たぶん。じゃあね」

「体に気をつけるのよ」

「うん」おばさんもね、と言おうとしてそれは変なのでやめた。

そのときヘレンの母のうしろで黒い人影がさっと横切った。

ジョンが咄嗟に身構える。男の影が靄の中で、風を軋《きし》ませるようにして走り去っていくのが見えた。

「あら、ほかにも誰かいたの？」

「いや、わからない……」

「そう、とにかくさようなら」

「ああ、さようなら」

ヘレンの母は、ほほ笑んだまま後ずさりすると、銀色の粒子が躍る薄闇にくるまれて、まるでミルクがコーヒーに溶けるように、やわらかくゆっくりと遠のき、森の奥へと消えていった。

ジョンは徐々に晴れてゆく靄を眺めながら、ヘレンの母の余韻に浸るひまもなく、呆然と立ちすくんでいた。男の影にこそ見覚えがあった。

あれは、ブライアンじゃないのか――？

5

　家に帰り、縁側から草履《ぞうり》を脱いで上がると、奥の間に見慣れない飾り棚があった。ふだんは閉じられていることの多い仏壇が手前に拡張されていて、そこには蓙《ござ》が敷かれて西瓜《すいか》や桃が供え物として並べられていた。四隅には細い竹が立ち、それぞれ竹の間には橋を架けるように藁《わら》が張られている。昼間から灯《とも》されたぼんぼりが、漆塗《うるしぬ》りの仏壇を美しく照らしていた。その祭壇にはジョンの大好きな東洋のエキゾチズムがふんだんにあり、しばらく見とれずにはいられなかった。

「タオさん、何してるの？」

　ジョンが続いて台所をのぞくと、タオさんは食卓の上に茄子《なす》と胡瓜《きゅうり》を並べて何やら工作をしていた。脇には藁も散らかっている。タオさんが包丁を手にして真剣な面持《おもも》ちで取り組んでいると、それは何かの呪術の儀式に見えて、ジョンは少しだけギョッとするのだった。

「あら、旦那さん、おかえんなさいまし。お昼はもう少し待っててくださいね」

「ねえ、何してるのさ」

「ええ、いつもの冷麦ですよ。それとも何か別のものにしますか？」

「ヒヤムギ？　ああ、そうじゃなくて。これは何なのかって聞いてるんだけど」

「えっ？　ああ、これですか。これはね、旦那さん、《迎え馬》っていいましてね、冥土から先祖の霊が帰ってくるときの乗り物としてこの時期に作るんですよ」

「ふうん。ムカエウマね。……以前、本で読んだけど、日本にはワラニンギョウっていう呪《のろ》いの儀式があるんだろ？　あれとはちがうのかな。タオさん、誰かのこと恨んでいてそれに釘を刺すとかさ、アハハ」

「えっ？　何ですか」

「いや、なんでもないさ」

　ジョンがとぼけて首をすくめる。

「旦那さん、藁人形って言いませんでしたか。いやですよ、縁起でもない。まったく旦那さんはお戯《たわむ》れがお好きで」

「オタワムレ？」

「そう、お戯れ。英語では何でしたっけ。ジョークって言ったかしら」

　タオさんはひとりごとのように言う。

　ジョンとタオさんの会話は、ケイコに言わせると人類学の七不思議に入るそうだ。ジョンが英語で話し、タオさんが日本語で答えているのに、なぜかほぼ通じているのである。共にヒアリングが多少できる程度でこれは奇跡に近いという。一度タオさんが台所で「あら、お味噌がそろそろなくなっちゃうわ」と一人つぶやいたとき、その場にいたジョンが散歩のついでに買ってきたことがある。その一部始終を見ていたケイコは、「あなた、ひとりごとまで聞き分けられるの？」と不思議がっていたものだ。

「ねえ、タオさん。奥の間の仏壇の飾りは何なの？」ジョンが奥の間を指さす。

「あれは《精霊棚《しょうりょうだな》》っていいましてね、ご先祖様の霊を迎え入れるための用意なんですよ。この《迎え馬》もあの棚に飾るんですすよ」

「ふうん。……ところで、ジュニアは？」

「居間でテレビを見てますよ。ほんと、アニメを見てるときは何を言っても聞こえないんですから。パパが帰ってきたっていうのに『おかえりなさい』も言わないで」

「いいさ、静かで。ねえ、これは藁？」

「これですか？　これは真菰《まこも》っていって、稲の仲間ですよ。秋になると水辺で薄い緑色の花を咲かせるんですが、それはそれはきれいな花なんですよ」

「これで馬を作るの？」

「そうですよ。真菰で馬を作るのは、わたしの生まれた目黒の碑文谷《ひもんや》あたりの習わしで、茄子と胡瓜で馬を作るのは、私の嫁いだ先の霞町《かすみちょう》の習わしなんですよ。おかしなもんですねえ。同じ東京で、それも自転車でだって行けるくらいの距離なのに、お盆や正月の迎え方がちがうんですよ」

「ふうん」

「このうちではどうするかは知りませんけど、奥さんがわたしにまかせてくださるそうだから、いっそのこと両方作っておけばご先祖様も好きなほうに乗ってやってこれると思いましてね」

「タオさん、結婚してたの？」

「ええ、そうですとも。二十歳のときに、大きなお屋敷に嫁いだんですよ」

タオさんは喋りながら黙々と包丁で茄子に細工をしている。

「ふうん、タオさんってけっこう手先が器用なんだね」

「いやですよ、旦那さん。昔のことは聞かないでくださいな」

「何も聞いてないよ」

「あらら、旦那さん、ほんとうに顔色いいみたい。どうですか、今度のお医者さんは。もう便秘は治ったんですか？」

一段落したタオさんがジョンのほうを向いて言った。

「便秘？　それがまだなんだ。でも《アネモネ医院》っていいところみたいだね」

「あら、それはよござんした。でも、ほんとうに旦那さん、何かすっきりなさったみたい。いいことでもありましたか」

「いいことかい？　うん、そうだね、あったかもしれないね」

「それはそれは」

「ねえ、タオさん」

「何ですか？」

「お盆って、死んだ人がやって来る期間のことだよね。その、つまり、それは向こうが勝手にやって来るのか、それともこっちが呼ぶから来るのか、どっちかな」

　ジョンが身振り手振りを交えて言った。

「来るのか、呼ぶのかってことですか？　さあ、どうなんでしょうね。……でも、やっぱり呼ぶから来るんじゃないですか。いくらずうずうしい人でも、呼ばれなきゃ来ないでしょうし」

「それもそうだね」

　ジョンは今日のヘレンの母のことを思った——。ヘレンの母は呼ばれたからきたと言っていた。もちろんジョンは呼んだ覚えなどないのだが、用はないかというとそういうわけでもなかった。会えてよかったと思っている。昨日の船員の場合はどうだろう。あきらかに押しかけて来たという感じだ。しかしこれに関しても、痛い目には遭ったが会えて心からよかったと思っている。おまけに、たまに夢に現れてはジョンの良心に影を落としてきたブライアンだ。今日見かけたのは確かにかつての敏腕マネージャー、ブライアンだった。もしかすると、いまの自分には霊感でもあって、潜在的なトラウマが霊を呼び寄せているのだろうか。ついでに言うと、あの笑う橋だ。今日も帰りに橋は笑っていた。森での出来事が強烈すぎて問題にする気にもなれないが、理屈に合わないことだらけだ——。

「ダディ、いたの」

テレビを見終えたジュニアがやって来てジョンの膝に乗った。さっそくタオさんの工作に興味をもったらしく、茄子の馬に手を伸ばそうとする。

「ジュニア、『いたの』っていうのはないんじゃないのかい」

「そうですよ、『おかえりなさい』って言いなさい」とタオさん。

「おかえりなさい」

ジュニアは茄子の馬に夢中になりながら気のない返事をする。

「さてと、お昼の支度でもしましょうかね」

タオさんは立ち上がると割烹着《かっぽうぎ》の袖をまくり上げ、流し台に向かっていった。

「ねえ、ジュニア」ジョンが小声でジュニアに聞く。「昨日、誰か《別のおじさん》が来たって言ってたよね」

「うん、いった」

「その《別のおじさん》ってどんな人だったか覚えてるかい？」

「うん、おぼえてるよ」

「髪は、その、ポマードで七三に分けてなかったかな」

「ポマードってなに？」

「いや、いいんだ。それじゃあ、色白でぽっちゃりしてなかったかい？」

「ぽっちゃりって？」

「少し太ってるってことさ」

「うーん、わかんない」

「えーと、じゃあ……もしかして、キューピーさんに似ていなかったかい？」

「うん、にてた」

ジュニアはキューピーというたとえがおかしかったのかケタケタと声を上げて笑った。

ジョンは確信した。やっぱりブライアンが来ているのだ。


昼食にいつもの冷麦を、つゆにうずら卵を落として食べると、ジョンはジュニアをタオさんに任せ、久し振りにギターをケースから出し、縁側のロッキンチェアに体を寝かせて爪弾いた。肘掛けがあるのと椅子が揺れるのとで弾きにくかったが、高原の空気を震わせるギターの音色は乾いた美しさがあり、コードを押えるときのキュッキュッという弦のこすれる音さえ心地よく響いた。

ずいぶん曲を書いていないなとジョンは思う。最後にアルバムを出したのは一九七五年だが、そのときの作品はかつての、自分が少年時代に憧れたロックンローラーたちの曲を収録したものだったから、自作曲は……、そうだ七四年から書いていないことになる。かれこれ五年だ——。ジョンには、もう自分は曲が書けないのではないかという軽い諦めがあった。それは多くの音楽家が抱えるプレッシャーや恐怖ではない。昔ならばレコード会社との契約があって書くことを要求されたが、いまは催促されることもないのだから気楽なものだ。たぶん、自分はすでに一仕事を終えたという気持ちがあるのだろう。もはや自分を証明する必要はどこにもない。このまま涸《か》れたとしても、とくに思い残すことはないのだ。

だいたい曲作りなどというものは、ジョンにとって食事と同じようなものだった。作ろうと思って苦心したことなど一度としてない。こうやってギターを抱いて思いつくままにメロディを奏でれば、曲の全体が一度に聴こえ、美しい立像のように林立して見えたのだ。あとは細部を手直しするだけでよかった。希代のメロディメーカー氏はあの曲を書いたとき、夢の中で突然天啓のごとく一連のメロディが降ってきて、あわててそれを譜面に起こしたそうだが、ジョンもまた類《たぐ》い希《まれ》なソングライターだった。バスタブに浸《つ》かりながらでたらめに歌を唄い出すと、三分後にはちゃんと印象的なサビを経て、完成品として着地していたのだ。こうして作った曲が各国でヒットチャートの一位になるのだから、才能とはこういうものなのだろうと自分で思った。

ジョンはかなり早い時期に自分を天才として意識し、客観視するところがあった。たとえばクラシック音楽にさしたる興味はなかったが、モーツァルトらの天才ぶりには一目置き、彼らの評伝を読み漁ったりした。彼らが何歳のときに何をしたかという年譜は、自分と照らし合わせて興味深くチェックした。その結果ジョンが思ったことは、天才は終生天才ではないということだった。水脈を掘り当てれば水は湧き出るが、それは無限ではない。いつかは涸れる。食物に賞味期限があるように、天才にも《天才期限》というものはあるのだ。音楽の世界における天才たちは、そのほとんどが三十五歳くらいで悲劇的な最期を遂げるか、残りの人生をでくの坊としてすごしている。ジョンにもそろそろ期限切れのときが近づいているのかもしれなかった。

試しに、と思って適当なコードを弾いてアドリブで歌詞を付けてみた。

軽井沢の森に立って　どちらに行こうと思案していると
赤毛の船乗りが現れてこう言うんだ
ジョン、奥へ進みな　罪をつぐなわせてやるぜ
ぼくは迷ったね　だって森の向こうはやけに暗いのさ
すると今度は老女が現れて　ほっぺにやさしくキスをした
ジョン、行かなくていいわ　気に病むことはなかったのよ

ぼくは思ったさ　いっそ赤ん坊に戻れたらどれほどらくだろう
いい子にしてたら治るかな?
たくさん泣いたら許してくれる?
手に負えない記憶に　ぼくはもう溺れそうさ

駄目だ。お話にならない。まるで六〇年代だ。韻すら踏んでいないではないか。

ジョンは少し不機嫌になると、ギターをケースにしまって扇風機を脇に移動させ、ロッキンチェアで目を閉じた。真夏の午睡《ごすい》は瞼の裏を赤く染め、耳には蟬の鳴き声が夕立のように降ってきた。いつものように屋根もパチパチ鳴っている。相変わらず下腹部は重かったが、便意がない以上、それはどうすることもできなかった。もしかするとこのまま治らないのではないかと不吉なことを考え、暗澹《あんたん》とした気分になった。病気を思うとたちまち情緒が不安定になるのだ。

そして少しうとうととしかけたところで、不意に蟬の鳴き声が消えた気がした。瞼の裏が黒く澱《よど》むと、皮膚のあちこちにピリピリと突っ張るような感覚が走った。あきらかに悪夢の兆候だった。

いけないと思う間もなく、それは乱暴な重力となって体全体にのしかかり手も足も動かなくなった。動けなくしたところでゆっくり料理するように、指先から顔面にまで何かの力が絡みついてくる。耳元数センチのところでは、テレビのホワイトノイズのような不協和音が大音量でジョンの鼓膜を突き刺していた。なんとか身をよじろうとすると、今度は重力がアンバランスにかかる。肩から脇腹にかけて見えない重りが鋭角的に刺さってくる。局部的なだけに恐怖心をあおった。そしてそのぶん浮いた下半身が椅子から離れて左右に振られているかのような錯覚に囚われた。突然ガタンと音がして、いきなり別の力が背中を引っ張った。背もたれが外れたような錯覚の中で、そのままジョンの体はどこまでも落下していった。

ブラックプールのアイアン・タワーがあんなに高く感じたのは、もちろんジョンが五歳の子供だったからである。黒い鉄塔は海辺の保養地を睥睨《へいげい》するようにそびえ立っており、まるで海から上陸したばかりの恐竜に見えた。最初にこの地に着いて、日も暮れた薄闇の中でこのタワーを見たときは、怖がりのジョンは泣いてしまいそうな自分を懸命に励まして、父の手を強く握ったものだ。だからジョンはそこに上るのにも勇気を要した。我が子のよろこぶ顔が当然見られるものと思って誘う父に、ほんとうは怖いけれど、それを隠してうなずいたのだ。ジョンは人をがっかりさせるのが厭だった。

エレベーターの鉄のアコーデオンが冷たい機械音を立てて閉じられ、モーターの唸り声が狭い空間に渦巻いた。見えるのは大人の足ばかりだった。体の中のいろいろが一瞬足元に落ちてしまうような不思議な重力と、かすかな息苦しさを味わい、ジョンはいっそう心細くなる。天井の蛍光灯が乗客の顔を青白く照らし、みんなが息を止めている気がした。しばらく沈黙のときが過ぎて、大きな振動と共にエレベーターは止まった。アコーデオンが開いて、張りつめていた空気が緩んだ。大人たちの足がばらけ、隙間からまぶしい光が差し込んでくる。不安な気持ちで見上げると、父がほほ笑んだのでジョンの肩から力が抜けた。

目の前には空が広がっていた。アイリッシュ海の見慣れた曇り空だったが、いつもよりずっと明るく澄んだように見えた。ジョンの中で緊張の鎖《くさり》がいっきに解け、甘い感情が喉元までこみ上げてくる。二、三歩進むともう歩いていられなくて、ジョンは父の手をほどくと展望台の窓まで全力で駆け寄った。

はじめて見下ろす海は、圧倒的な量感をもってジョンの心に押し寄せてきた。薄日を浴びてキラキラときらめく海面は、母の一張羅《いっちょうら》のスパンコールのドレスみたいに美しく、ゆるやかなさざ波は伯母のやさしい笑顔からのぞく白い歯に見えた。ときおり雲が細く裂けて、太陽の光がギラリと海を突き刺すと、そこだけ藍がいっぺんに透き通って浮かび上がり、宝物でも埋まっているかのように輝いている。

心躍らせながら父を見ると、父は相好《そうごう》をくずしながらジョンの目の高さまで降りてきて、手すりに顎を乗せて一緒に海を見た。そのまま二人で黙って海を見た。

ジョンはこのときはじめて世界を見た気がした。

眼下の海は、ジョンがこれまで見た中でもっとも心を安らかにする風景だった。

突然やって来た父は、ジョンにとって天空から舞い降りてきた勇者だった。たくましい腕と盛り上がった肩はジョンを軽々と担ぎ上げ、分厚い胸には汐風の匂いがした。話す言葉はどれもジョンの好奇心をくすぐり、笑い顔は冬の夜の毛布みたいに温かかった。ジョンはその存在にすぐさま夢中になった。五歳までのジョンは頭の中で父親を思い描くこともなかった。大好きな伯父さんはいたが、血のつながりを宿命として実感させる父性というものが、この世にあることを知らなかった。

ジョンは、孤児院で育った船乗りの父が二十七歳、裕福な家庭に育った母が二十六歳のときに生まれた長男だった。周囲の猛反対を押し切り、長い遊び半分の恋愛の末にできた子供だった。父はまだジョンの記憶のない一歳半のときに、家庭と仕事を捨てて行方をくらまし、陽気で自由奔放な母は息子の養育を自分の姉にまかせた。母が夫に蒸発されて途方に暮れたかはわからない。ただ母はすぐに別の男を見つけ、二人きりの同棲生活をはじめた。母は、一九四〇年代のその界隈では唯一ズボンをはいて町を闊歩《かっぽ》するような、派手好きの女だった。

子供のいない伯母夫婦にとってジョンは降って涌《わ》いた慶福《けいふく》だった。夫婦はジョンを我が子として迎え入れ、みめうるわしい赤ん坊にたちまち首ったけになった。伯父は仕事から帰ると真っ先にジョンを風呂に入れたがり、すでに伯母が済ませているともう一度入れると言ってきかなかった。伯母はジョンに絵本を読んで聞かせるのを自分の日課に決めていて、伯父が割って入ると大人げなくむきになった。ジョンは二人の愛を浴びて、何不自由なく育った。あえて難点といえば伯母の躾《しつけ》が厳しかったことぐらいだ。もっともそのぶん伯父が甘かった。伯母に叱られて泣いていると、伯父が「二階へ行って枕の下を見てみろ」と耳打ちし、行ってみるとそこにはいつもビスケットやキャンディが隠されていた。

母は近くに住んで、気まぐれに伯母の家にやって来てはジョンをかわいがった。と言うより逆にジョンから愛情をかけられることを求めた。これが世間的にどういうことなのかジョンにはわからなかったが、母親とはそういうものだと思っていた。たまに現れる母はいつも濃い化粧をしていた。ジョンの頬に顔を押しつけて、キスマークをつけてよろこぶのには閉口したけれど、抱きしめられれば悪い気はしなかった。そしてお土産には毎回エジンバラ・ロックと呼ばれる飴菓子をくれた。固いけれどやけに甘くて、それはジョンの好物となった。幼い子供が自分の境遇や幸せを疑うことはない。ジョンは平凡な毎日を送っていた。

そこへひょっこり父が戻って来た。

父はオメガの腕時計を光らせ、ポケットを現金で膨らませて帰って来た。「おれは成功したんだ」と父は得意げに胸を張り、テーブルに札束を投げ出すと「これで好きなものを買え」と大物ぶった。軍から放出された靴下を大量に売りさばいてひと儲けしたと、聞かれもしないのに成功談を語った。そして一方的に夢をまくしたてた。この金でリバプールを出よう、海の向こうで新しい生活をはじめよう、と自分の計画にうっとりするように目を細めた。

母は父が戦時中のどさくさ紛れに闇で稼いだ金に興味を示さなかった。母の気持ちはとっくに父から離れていたし、同棲相手との生活もあった。やり直そうと提案する父に、母は冷淡だった。ましてやニュージーランドへ移住しようなどという計画に乗るつもりはなかった。母はもう愛してはいないと率直に言った。それに、もともと母の結婚は、厳しい両親に対するあてつけのようなところもあった。

すると父は息子との対面を求めた。母が養育を姉にまかせている点につけこみ、ならば自分が引き取ると言い出した。どこまで本気だったかは誰も知らない。

さんざん渋った母は、それでも父とジョンを引き合わせた。どんなやりとりがあったかジョンは知る由《よし》もない。ただ、いつのまにかジョンは父の休暇のお供をすることになっていて、ジョンは父と二人でブラックプール行きの列車に乗っていた。

ブラックプールは英国北部の古くからある保養地だった。

列車の中で、ジョンと父はすぐにうちとけた。なにより話が面白かった。父が話してくれる物語は、伯母が聞かせてくれるファンタジーとはちがって、繁華街の裏通りのような湿った熱気に満ちていた。活劇さながらの外国での冒険談はジョンの血を沸き立たせ、生き生きした描写がジョンの想像力を掻き立てた。ジョンが《男》を意識したのはこれが最初かもしれなかった。肩を抱いてくれた父の手は、岩のようにゴッゴツしていたけれど、勇ましく、頼もしかった。


「ジョン、船だよ」

父が言った。沖合を貨物船がゆっくりと航行していた。アイアン・タワーの展望台から見る船はブリキのおもちゃのように見えた。

「ほんとうだ。船だ」

「パパは昔、船に乗ってたんだよ」

「ほんとう？」

「ああ、ほんとうさ。兵隊さんを運んでたんだ。リバプールとサザンプトンとフランスの間を行き来する軍隊輸送船という船に乗ってたんだよ。パパの仕事はスチュワードだ。これでも給仕長だったんだよ」

「ふうん」

「わからないか、こんな話」

「ううん。いまもしてるの？」

「いや、いまはお休み。でもまたはじめるさ。いまはお金をたくさんもっているから働かなくても平気なのさ」

「ふうん」

「なあ、ジョン。船に乗ってみたいか」

「うん！」

「じゃあパパと一緒にお船に乗って外国へ行こうか」

「うん、いいよ」

「ほんとうか？　よし、じゃあニュージーランドへ行こう。パパと一緒だ。いいところだぞ。海と空がきれいでな。イギリスの海を見てこれが海だなんて思っちゃいけないよ。ほんとうの海っていうのはもっと青くて透き通ってるんだ。船からのぞくとお魚さんが泳いでいるのが見えるんだよ。それから気候もいいんだ。晴れの日がずっと多いのさ。傘なんかいらないくらいだよ。いまニュージーランドは戦争が終わったばかりで景気がいいんだ。仕事なんかいくらでもあるんだ」

「ふうん」

「そこで暮らすんだ。行くか？」

「うん、行く」

「よおし、いい子だ。パパのこと好きかい」

「うん、好きだよ」

父はジョンの頭を乱暴に撫でた。

「ねえパパ、伯母さんと伯父さんは？」

「だめさ。だってお家がリバプールにあるんだもの」

「ママは？」

「ママはいやだって。パパが行かないかって誘ったけど、わたしは行きませんからね、だってさ」

「ふうん……」

「いいじゃないか、どうせママには別の男がいるんだし。パパと一緒ならさびしくないだろう？」

「うん」

「よし決まった」

父はジョンを抱き締めると頰をこすりつけてきた。髭が痛かったけれど、守られている感じがして心強かった。

ブラックプールの町は夜になると二マイルにおよぶ街頭イルミネーションがまたたき、その色彩はおとぎの国の艶《あで》やかな祝祭の日に見えた。ジョンは父の借りているコテージでフィッシュ・アンド・チップスの夕食を済ませると、毎晩のように外へ連れて行ってくれるよう父にせがんだ。カフェが何軒も軒《のき》を並べている目抜き通りを歩くと、あちこちからいい匂いが漂ってきて、食べてきたばかりだというのにジョンの喉を鳴らせた。目で訴えると、父はためらうことなくスタンドでドライフルーツがいっぱい詰まったミンスパイを買って、ジョンに手渡してくれた。屋台の前で立ち止まれば、「欲しいのかい」と言って綿菓子を買ってくれた。自分の要求がいとも簡単に通るので、まるでクリスマスの気分だった。ときには父は自転車を調達してきてジョンを乗せて夜の町を走った。ジョンは自転車のハンドルにお尻を乗せ、バスケットに足を突っ込んで夜風を全身に浴びるのが一度で好きになった。ベルを鳴らすとみんなが避けてくれるのもうれしかった。うれしくて何度もベルを鳴らすことを父に命令した。

ジョンはそこではじめてサーカスを見た。天幕庇《マーキー》の下で、アラビアの衣装を着た女の人を乗せた象が、目の前を映画のスローモーションのように歩いていた。頭にターバンを巻いた大男は狼のように遠吠えをすると、閃光《せんこう》いちばん火を吹いた。ジョンが驚いて父にしがみつくと、父はジョンの頬を愉快そうにさすった。空中ブランコは父の膝で見た。宙を自由に舞う曲芸師たちは、ジョンの口を開けっ放しにした。もしかすると世界は楽しいところかもしれないとジョンは思った。

海へは毎日路面電車に乗って行った。英国で唯一だというトラムは、町の匂いをいっぱいに吸い込んでガタゴト元気に走った。海水浴にはもはや肌寒くなっていたので、ジョンは浜辺で砂の城を作っては王様気分に浸った。プディングのような塊を見つけて触ろうとすると、それはジェリーフィッシュだから刺されると死んじゃうぞ、と父が大袈裟に驚ろかせた。父は何でも知っていると思った。

ジョンはそんな父との夢見心地の日々を一週間ほどすごした。そして毎日がこうだといいのにと思っていたところに、母がやって来た。コテージで、ジョンと父が遊びに行く算段を立てているところへ、バタンと扉を乱暴に開けて母が入って来た。

母は憔悴《しょうすい》しきった顔で「探したわよ」と低い声で言った。ジョンがこれまで聞いたことのない重い響きだった。驚いて父の顔を見ると、父は冷ややかな笑みを浮かべて「やあ」と短く返事をした。

「約束がちがうわ」母は父をなじった。「月曜日の午後にはジョンを返してくれるって言ったじゃない。今日を何曜日だと思ってるの。もう金曜日よ。あんたっていつもそうなんだから。調子のいいことばっかり言って、約束を守ったことなんていっぺんだってありゃしない。おまけに何よ。駅前のホテルに泊まるって言っておきながら、どうしてこんなところにいるのよ」

「連絡したじゃないか。ホテルは満室だったんだ」

父は余裕の態度でベッドに腰を下ろしていた。

「いいかげんな場所を言っただけじゃない。どうやって探したと思ってるの。不動産屋を一軒一軒回ったのよ。ねえ、あんた、ジョンをどうするつもりなのよ」

「落ち着けよ、ハニー」

「ハニーだって？　よしてよ。誰があんたなんかに」

「オーケー、わかったよ。落ち着いて話し合おうじゃないか」

「何を話すのよ。話すことなんか何もないわ」

「もう一度言うよ。ねえ、君はぼくと一緒にニュージーランドへ行く気はないのかい」

「ないわ。何度も言ったはずよ。考えは変わらないわ」

「じゃあ、ジョンの養育権に関してはどうだい」

「絶対にだめよ。ジョンは私の手元で育てるわ」

「手元だって？　義姉《ねえ》さんにまかせて自分は男と暮らしてるじゃないか」

「あんたはどうなのよ！　この五年間、あちこちの港をうろついていただけじゃない！」

母は鶏が鳴くようにわめいた。つばがそこらじゅうに散った。

ジョンはどうしていいのかわからず、ただベッドの端に手を置いてじっと立っていた。心の中で暗い気持ちがみるみるうちに膨らみ、その気持ちはこらえていないと目や鼻から漏れそうだった。伯母さんの言葉を思い出した。そうだ、男の子は泣いちゃいけないんだ――。

「ジョンの意見を聞こうじゃないか」

「よしてよ」

「なあ、ジョン」父がジョンに向き直って言った。「パパと一緒にニュージーランドへ行くって言ったよね、お船に乗って」

「よしてよ！」

ジョンは泣き出しそうになるのを懸命にこらえて、父と母の顔を交互に見た。父は作り笑いをしていて、母は顔を真っ赤にして唇をわなわなと震わせていた。

「さあジョン、言ってごらん。パパと約束したよな。ニュージーランドへ行くって」

「子供を巻き込まないでよ！」

ジョンは泣かないように自分に言い聞かせて、歯をぐっと喰いしばった。もはや涙は目の玉の裏あたりまで攻めてきていて、じわじわと瞼を伝いつつあった。歯を喰いしばるだけでは間に合いそうもないのでおなかにも力を入れた。

「ジョンの気持ちを聞かなくてどうするんだ」

「ジョンはわたしといるわ」

「じゃあ聞いてみようじゃないか。なあ、ジョン、もう一回聞くよ。ニュージーランドへ行くよね。パパとママとどっちと暮らしたい？」

ジョンは自分を励ますようにエイッとつばを呑んだ。でももうだめだった。涙がまるで洪水のようにこみあげてくる。睫《まつげ》でかろうじてせき止めていた涙が、とうとうあふれて、ポッリ一滴、頬に落ちた。ジョンはたまらず泣き出した。目に映るものがすべて水槽の中にあるみたいだった。

「ジョン、泣いてちゃわからないよ。さあ、言ってごらん」

「ジョン、ママと帰るわよね」

「ジョン、パパと約束したよね」

「ちょっと、あんた！　子供を言いくるめないでよ！」

「興奮するなよ。ジョンが怖がるじゃないか。……さあ、ジョン、ゆっくり考えていいんだよ。パパとママのどっちといたい？」

「パパといる」

ジョンは盛大に泣きじゃくって言った。自分で何を言っているかもわからなかった。ただ、その日の母は興奮していてとても怖かったのだ。

「ジョン、ほんとうなの？　パパと一緒でいいの？」

母が責めるように言った。

「うん、いい」

ジョンは首を縦に振った。頭は大混乱に陥っていた。ジョンの願いはこの場が早く収まってくれることだけだった。時間が過ぎてくれることだけを祈っていた。

「さあ、もういいだろう。ジョンはおれを選んだんだ」

父や母がどんな顔をしていたのかジョンにはわからなかった。涙はとめどもなくあふれ出て、それどころではなかった。手で拭《ぬぐ》っても拭っても、ジョンの目玉は涙の中で溺れていた。

気がつくと、母の背中が見えた。それはかげろうのようにゆらゆらと揺れてドアの外へ消えていった。

その瞬間、たまらない不安がジョンの心に充満し、感情は爆発した。母を失う恐怖は、これまで味わったことのない戦慄となってジョンを襲った。これっきり母と会えないと思うと、悲しくて胸が張り裂けそうだった。

「ママーッ！」

ジョンは叫んだ。父の手を振りほどくと一目散《いちもくさん》に母を追った。

「ママーッ！　行っちゃやだーっ！」

泣きすぎてガラガラになった声が、自分の耳にも聞こえた。

玄関の階段を下りたところに母はいた。母はジョンを受け止めると力いっぱい抱きしめた。母も泣いていた。そしてジョンを抱きかかえ、そのままさらうようにしてブラックプールの町を走った。

ジョンは母の首にしがみつきながら泣き続けた。

いくらでも涙が出た。涙はどれくらい出れば止まるのだろうかと思った。

ジョンは打ちのめされていた。

五歳でのぞいた絶望の淵は、ジョンには手に負えないほど、深くて暗い悲境だった。

母はジョンをリバプールに連れて帰ると、ジョンがもっとも安全ですこやかに暮らせる場所――、伯母さんの家に息子を返した。


いったい自分はどうしてしまったのかとジョンは悲嘆に暮れた。

この数年、見ることのなかった悪夢が連鎖反応のように現れ、自分の心を、爪を立ててわしづかみにする。

とうとうあの夢を見てしまった――。ジョンがいちばん恐れていたことだった。ブラックプールでの、ジョンの情緒に著しく傷痕を残したあの出来事。あれだけは一生避けて通りたい心の闇だった。

どうして父と母は、五歳の少年にあんな無理難題を吹っかけたのだ。無理に決まっているじゃないか、映画じゃあるまいし、パパかママかを選べだなんて、答えられるわけがない――。

ジョンは簾《すだれ》から日がもれる縁側で、おいおいと子供のように泣いていた。

そして涙を拭いながら、頭の中からもうひとつの不安がインクのように滲《にじ》み出て、感情の昂《たか》まりに拍車をかけた。

もしかすると、母もあの森に現れるのだろうか――。

そう思っただけでジョンは、この世からもあの世からも逃げ出してしまいたい気分になった。

夕方になると、タオさんが玄関の脇にしゃがみ込んで、そこで麦藁《むぎわら》に火を点けて燃やしていた。黒い煙は少し立ちのぼるとやがて灰色になり、茜色《あかねいろ》の空にゆっくりと溶け込んでいった。

ジョンがうしろに立つと、タオさんは半分だけ振り向いただけで元に戻り、「これは《盆《ぼん》火《び》》って言うんですよ」と言った。

「これもね、ご先祖様をお迎えするための準備なんですよ」

「……ああ、ご先祖様ね。わかるよ」

「昔は盆火を焚《た》くと、家族がみんな集まって『盆さま盆さま、お迎えもうす』って唄ったものですよ。英語だと……ウェルカム・ゴースト、かしら」

「ふうん。で、お迎えしたくないときはどうすればいいんだい？」

「あらら、歓迎したくないんですか。旦那さん、罰《ばち》が当たりますよ、そんなことを言っては」

ジョンが大きな溜め息をつくと、タオさんは振り返ってジョンを見上げた。

「あら、旦那さん、顔色が悪いですよ。どうしたんですか、昼間はとっても元気そうだったのに」

「はは、情緒が不安定なのさ」

「便秘はいらいらしたりしますからね、仕方ありませんよ」

「ジュニアは？」

「またアニメですよ。ア、ニ、メ。夏休みだからテレビもアニメばっかり」

「ふうん」

　ジョンは庭石に腰を下ろすと、再び溜め息をついた。

「まあ、深刻ですこと。考え過ぎるとまたまた便秘がひどくなりますよ」

「いや、実はね……」誰かに言うつもりなど毛頭なかったのに、タオさんの顔を見たら不思議と口をついて出た。「かあさんの夢を見たんだ」

「マザー？　ドリーム？　そうですか。……悲しい夢だったんですか」

「ああ、悲しい夢さ、とってもね」

「……旦那さんがおいくつのときに亡くなられたんでしたっけ」

「ああ、もうこの世にはいないさ。十七のとき、交通事故でね、あっけなく」

　ジョンが右手で拳を作り、「ブーン」と車の音を唸って左のてのひらに当てた。

「そう、交通事故ですか。それはお辛《つ》ろうございましたね。これから仲よくなれる矢先に」

「え、なんだい？」

を過ぎてからでしたしね」

「親と子なんてそんなものなんですよ。わたしだって親のありがたさがわかったのは二十歳を過ぎてからでしたしね」

「ああ、いや、うちはそういうほのぼのした親子関係じゃなかったんだけどね。だいたいとうさんは顔も忘れたし、かあさんにしたってぼくとは一緒には暮らさなかったんだ。わかるかな。産みっぱなしでさ。いい親じゃなかったんだ」

「同じことですよ」タオさんはやけにきっぱり言うと、遠くを見る目で続けた。「たとえひどい親だったとしても、大人になると、そのひどさを冷静に受け止められるようになるんですよ。怒りでもなく、哀れみでもなく……」

「…………」

「そうですねえ、わたしは学がないからうまくは言えませんけど……運命にやさしくなれるんですよ、大人になるっていうことは。……運命。デスティニー」

「ふうん」軽く相槌を打ってジョンがくすりと笑う。「タオさんって何者？」

「え、わたしですか。ただの家政婦ですよ。いやですわ旦那さん。どうしたんですか、まだねぼけてるんですか」

タオさんが不思議そうに見上げた。

「タオさん、子供はいるの？」

「子供ですか。……いましたよ。それはもう可愛らしい男の子が。憲一《けんいち》って名前で。ちょうど日本が戦争に負けて、新しい憲法が制定されたころだったから、その《憲法》から一字もらって付けたんですよ。ケ、ン、イ、チ。ボーイ。でも三歳のときに亡くしましてね、わたしの不注意で。それで夫婦仲もうまくいかなくなって」

「死んじゃったのかい。いや、ごめんよ、タオさん。変なこと聞いちゃって」

「いいえ、気になさらないでください。これも運命なんですから、わたしはへっちゃらですよ」

「……ねえタオさん。ケンイチ君に会いたい？」

「え、息子に会いたいかですって？　いやですよ、からかわないでくださいな。会えるわけがないのに」

「だってお盆は、いろいろな儀式をして、祖先や死んだ人の霊を迎え入れるための期間なんでしょ？」

「……誰かの霊に会いたくてやってるわけじゃありませんよ。みんなが、先祖孝行をした、そんな気になればいいだけのことなんですよ」

「ねえ、ほんとうに会えるかもしれないよ。《アネモネ医院》のある森でね、ぼくは二日続けて昔の死んだ知人に会ったんだよ」

「会ったんですか、ゴーストに？　まあ、旦那さん、ジョークばっかり」

タオさんはおかしそうに体を揺すっていた。

「ねえ、アテナ。ひとつ聞いていいかい？」

「ええ、なんなりと」

「ここ、ほかの患者さんはいないのかい？　ここに来るのはこれで三日目だけれど、ぼく以外の患者を見たことがないんだよね」

「あら、そうでしたか？」

「そうさ」

「予約制ですからね、そういうこともありますよ」

「ふうん……」

　ジョンの便秘はとうとう十日目に突入した。薬は服用しているが依然として効き目はなく、便意さえ遠い日の思い出のように感じなくなっていた。おまけにおくびの症状はひどくなる一方だった。常に口からガスを吐き出してやらないと呼吸が苦しいのだ。

　この日、ジョンは《アネモネ医院》へ行くことを躊躇《ちゅうちょ》した。理由はもちろん《森》である。母が出て来たらどうしようという恐れが心の隅にあった。実際出がけに、今日は万平ホテルのカフェで時間でも潰していようかと思った。しかし、結局は体調の不安のほうがそれに勝った。病気の辛さは、それが生活のすべてになってしまうことだった。ここ一週間ほどのジョンの毎日は、朝から晩まで病気の機嫌をうかがい、なだめ、すかし、それに従うことに費やされている。ジョンの味わえる唯一の充足感は医者へ通うことだった。医者の前では誰もが子供のように無防備になれる。ぞんぶんに弱音を吐ける快感は、病気という歓迎されざる事実とは別に、それはそれで甘美だった。

「ほほう、まだ出ませんか」

ドクターはいつものように足を組むと、なかば感心するように言った。

「ああ、気配もないね。おまけにげっぷをしてないと息が苦しいし、いったいどうすりゃいいのか途方に暮れてるよ」

「呑気症《どんきしょう》に関しては心配しなくていいですよ。緊張で空気を呑み過ぎているだけのことですから、便秘とは機能的にまったく関係がないことです」

「緊張で？」

「そうです。たぶんストレスが原因でしょう」

「はは、ストレスね」

ジョンは自嘲気味に笑って下を向いた。

「大腸が痙攣《けいれん》するとか、そういった感じはないですよね」

「ないけど、あったらどうかするのかい？」

「いや、ないならけっこう。気になさらないで」

「……そう言われると気になるね」

「……うーん、逆蠕動《ぎゃくぜんどう》運動が起きてまれに腸内容が口から出ることがあります」

「はあ?」

聞くんじゃなかったとジョンは暗くなった。腸内容って、それはつまり大便のことではないか――。

「いや、ほんとうに気にしないで。あなたは単なるストレス性の便秘ですから関係のない話ですよ」

ドクターはなだめるようにジョンの肩をたたいた。

「ジョン、今日はひとつ別の角度から話を進めましょう。質問してよろしいですか?」

「ああ、なんでも」

「あなたは便が出なくて悩んでますよね」

「ああ、そうだね」

「もっかのところ、あなたは便秘でほかのことは何も手につかない」

「まったくそのとおりだね。散歩をする気にもならないさ」

「ジョン、便が出ないと、何か不都合でもあるんですか?」

一瞬、ドクターが何を言っているのかわからなかった。そのまま黙って顔を見ていると、もう一度同じ質問をした。

「いや……だって体に悪いじゃないか」

「そんなこと誰が決めたんですか？」

「誰がって……じゃあドクターは便が出なくてもいいって言うのかい？」

「ええ、そうです」ドクターは真顔でうなずいた。

「いや、どういうことかわからないな」

　虚をつく展開にジョンの頭は混乱しはじめていた。

「便をするのは好きですか？」

「いや、好きとか嫌いとかの問題じゃないだろう」

「でも面倒臭いじゃないですか。たとえば睡眠なら、眠るのが好きな人はいるだろうし、わたしだって大好きです。でも、排泄に関してはわたしは好きではありませんね。トイレは寝室ほど清潔でも快適でもないし、お尻を拭くのも面倒臭い。恰好も悪い。人の寝顔は可愛いけれど、人が排泄しているところなど、オホン、特殊な趣味の方を除けば見るのも忌まわしい。だいたい家にいるときの便意ならまだ許せますが、外にいるときの便意ほどやっかいなものはないじゃないですか。あんなもの誰も歓迎などしていない。ネガティブなことばかりじゃないですか。つまりほとんどの人は、排泄など世の中からなくなればそれにこしたことない、と考えているわけです。わたしは一応便をする。しかしそれは、わたしが必要に迫られてしているだけでしょうね。けっして自ら望んでいるわけではない」

「……ぼくも必要に迫られたいんだけどね」

「そうですか？　ただの必要悪じゃないですか」

「必要悪でも必要のうちさ」

「そうですか？　あなたは体が排泄を必要としていないのだから、気にすることなんかひとつもないじゃないですか。いいですか、日本では排泄のことを《自然が呼んでいる》と言います。あなたは呼ばれていないのだから応じる必要はないのです」

　ジョンはなんだか狐につままれているような気がした。

「もう一度聞きます。ジョン、便秘でいま、どのような不都合が生じていますか？」

「……いっぱいあるさ。下腹部が重苦しいし、気分がすぐれないし、だいいち毎日が憂鬱さ」

「憂鬱？　便秘を問題にするからじゃないですか？」

「……そうかな」

「そうですとも。問題は問題にするから問題なのであって、問題にしなければそれは問題ではないのです」

　ジョンは何がなんだかわからなくなっていた。

「でも……体に悪いじゃないか」

「またそこに戻る。どうしてそこに戻るんですか。既成の概念などこの際捨ててください。人間は排泄などしなくても平気なのです」

冷静なドクターが今日に限って熱弁をふるっていた。そしてジョンはといえば、心に多少の引っかかりはあるものの、なぜか小さくうなずいているのだった。

「……ほんとうに、平気かい？」

「わたしが太鼓判を押します。普通に食事をして、普通に散歩をして、普通に生活してくだされぱけっこうです」

「……じゃあ、そうしようかな」

「そうですとも。便のことは頭からすべて消してください」

少なくともジョンの気が楽になったことは確かだった。

しばらくほほ笑み合う沈黙があって、ドクターはカルテを机の上でトントンと揃え、ファイルに戻そうとした。これで診察が終わるのかと思ったら、もう少し話を続けていたくなった。

「ドクター、薬はどうしようか」

「ビタミン剤を用意しますから、それを飲んでください」

「それからね……妙な話をするようだけれど」

「何でしょう？」

「実は、この森で幽霊に会うんだよね」

「はい？」

「かいつまんで言うとね」ひとつ咳ばらいした。「以前ぼくとなんらかの因縁のあった人が出てきて、ぼくは彼らに謝罪するんだ」

「ほほう」ドクターが身を乗り出した。「詳しく知りたいですね」

「昔、ぼくは他人に対してちっともやさしくなくてね、ずいぶん人を傷つけてきたんだ。たとえば、自分の親しい仕事仲間を『オカマのユダヤ人』って罵《ののし》ったりね。人にひどいことを言ってもまるで平気だったんだ。ところが最近、息子が生まれてからだけど、強くそれらのことを後悔するようになったんだ。ああ、どうして自分はあんなにひどいことを言ったんだろうってね。夢にだって出てくるくらいさ。それもとびっきりの悪夢にね——。そうしたら、実際にぼくの前に現れたんだよ、彼らが」

ドクターは再びカルテを開くと、ボールペンでメモをはじめた。

「昨日は昔のガールフレンドの母親が出て来たんだ。すごくいいおばさんなのに、ぼくはつばを吐きかけるような真似をしてね、長年気に病んでいたんだ。彼女はあの世から誰かに呼ばれた気がしてやって来たって言ってたな。たぶん、その誰かっていうのはぼくだと思う。会えてよかったよ。ぼくは謝ったんだ。すっきりしたな。心がすーっと軽くなったよ。

——一昨日はもっと凄かったな。若いころ、ぼくは港町で船員を襲って強盗のようなことを働いたことがあったんだけど、ある晩、ひどく抵抗する船員がいてね、ぼくは恐ろしくなってめちゃめちゃに殴りつけてしまったんだ。船員はのびてピクリとも動かなかったな。だから、逃げた後も、もしかしたら自分は人を殺してしまったんじゃないかって妄想に悩まされてね。二十年だよ。この二十年間、いつも忘れたころにこの夢を見てはうなされ続けてきたんだ。

――そうそう、昨日確かドクターは《妄想》のたとえ話で、人に怪我を負わせてウンヌンという話をしたよね、あれを聞いたときぼくはびっくりしたんだ、『まさに自分のことじゃないか』ってね。

――で、それがどういうわけか、その船員が森に現れてね、最初は誰だかわからなかったけれど、竜の刺青が一緒だったから思い出したんだ。彼は生きていたんだ。いや、どう言えばいいのかな……のちに死んだのだろうけど、少なくともぼくが殺したわけじゃなかったんだ。で、ぼくは復讐されたのさ。ほら、この顔の痣は実はそのときのものなんだ。でも謝ったら最後には許してくれてね、どうやらこれでその夢からは解放されそうってわけさ。痛い目には遭ったけれど、実際は心が晴れ晴れしたな」

話を終えるとジョンはやけに心安らかな気分になった。信じてほしいという気は不思議となく、たとえ異常扱いされたとしてもそれはそれでいいという開き直りがあった。だいたい神秘な体験をしつつも、自分自身がいまだに半信半疑なのだ。

「ドリーム・コンタクトですね」

ドクターは表情を変えないで静かに言った。

「ドリーム・コンタクト？」

「そうです。ジョン、あなたは夢の中で霊界と交信しているんですよ。夢というのは《癒《い》やし》の一環ですからね。無意識のうちに、自分の心的外傷を治そうとする力が働いて、そのエネルギーが霊を呼び寄せているんでしょうね」

ジョンはあっけにとられてドクターを見た。

「……それは、ほんとうかい？」

「さあ、わかりません」

ドクターがいたずらっぽくウインクした。

「なんだ、冗談か。ドクターも人が悪いね」

おかしくてジョンも笑い出してしまった。

「しかし興味深い体験ですね。わたしは西洋医学の人間ですから科学を信奉しますが、神秘主義を否定するつもりはさらさらありません。不思議なことはどこにでもあるものですよ。それに、異常体験だとしても、多少痛い目に遭われたとしても、あなたの心の傷が癒されたのだとしたら、それは素晴らしいことだと考えますけどね」

「ふふ、そうだね」

「そうですとも。その気構えで便秘など忘れましょう」

「……実は、今日も誰かに会いそうなんだけどね」

「誰ですか、それは」

「さあ、昔のマネージャーか……もしかすると死んだ母かもしれないな」

「ほほう」

「とっても気が重いんだ」

「会いたくないんですか？」

「そんなこと簡単には答えられないさ」

「それはそうです」

「おまけに橋には笑われるしね」

「はい？」

「二手橋が笑うのさ。声を上げてね」

「ふふ。ジョークの仕返しですか」

「……ああ、そうだね。世の中、不思議なことばっかりさ」

「ふふふ」

ドクターは目を伏せて静かに笑みを浮かべた。

そしてこの日もジョンのお気にいりのてのひらマッサージがはじまった。いろいろ話してすっきりしたせいか、神経の一本一本が日光浴でもしているようにほんわかとして、まるで天国に連れていかれたような気分だった。いつもこの間は時間経過の感覚がなくなるのだが、今日はとくにそれがなかった。気がつくとソファの前でドクターがほほ笑んでいて、時計を見ると三十分以上もマッサージを受けていたことを知って驚くのだ。

帰りしな、小用を足すためにトイレに入り、ふと鏡を見ると目が真っ赤だった。自分は居眠りしていたのだろうか――。なんだか泣き腫《は》らしたみたいだな、とジョンは不可解に思った。


《アネモネ医院》を出ると、もはや見慣れた靄《もや》が眼前に広がっていた。途端に口の中が渇き、ジョンは舌につばを滲《にじ》ませて無理やり呑んだ。おくびが次々と込み上げてきて、ジョンは沼が大きな気泡を立てるように、続けて体の中に溜まるガスを吐き出した。

落ち着くよう自分に言い聞かせて、ひとつ深呼吸した。昨日の悪夢があるだけに、さすがに平常心ではいられなかった。あたりに注意を配りながら慎重に歩いていると、うしろからいきなり力が加わり突き飛ばされた。ジョンは前に二、三歩つんのめった。

「キーキキキキッ」

同時に怪鳥のような奇声が背後から降ってきた。あわてて振り向くと、そこには山高帽を被った小柄な白人が両手を広げて立っていた。

「ヘーイ、ジョーン！　元気か、この人種差別主義者め」

ジョンは啞然として男を見詰めた。このクレイジーなロンドン野郎は忘れようったって忘れられるものではない。かつて親交のあったロックバンドの、とびきりの奇人として知られたドラム奏者だった。

「な、なんだ、キースじゃないか！」

「そうさ、キース様だ。ワハハハハ。あん？　なんだいその鳩がバズーカ砲でも喰らったような面《つら》は。せっかく会いに来てやったっていうのに、ほれ、もっとうれしそうな顔をしてみろってんだ、ほれほれ」

　ジョンは押し黙ったまま苦笑した。

「ヘイヘイ、どいつもこいつも不景気な面しやがって。人生もっと前向きに考えたほうがいいんじゃねえのか。え、ジョン」

「うるさいよ」

「またァ、ヘイヘイ、俺様と会えてうれしいくせに」

　キースはわざとらしく声を立てて笑うと、ジョンの肩や胸をツンツンとつついた。

「まだ逝《い》きそこなってたのか」

「ヘイヘイ、何言ってんだよ。俺様は天国で美女に囲まれてウハウハの毎日さ。ワハハハ。そうそう、そういえばジョン、俺様の葬式にはちゃんと出席したのか？」

「……忘れたな」

「このォ、ヘイヘイ旦那、薄情なんだからァ」

キースは昔と変わらず意味不明のフレーズを発しては、ジョンをつつき回した。

ジョンにとってキースは親友というほどのものではなかったが、会えば必ず楽しい気分になるパーティーピープルであった。その奇行癖はロンドン中に鳴り響いており、女装や半裸で人前に出るなど序の口で、ロールスロイスで自宅プールに飛び込んで人を驚かせるということさえした。月夜の晩はとくに危険という噂で、ついたあだ名が〝クレイジー・ムーン〟。ジョンは彼のエキセントリックな言動を、他人とは思えなくてひそかにシンパシーを抱いていた。キースは自分の人生に馴染めなかった、人生を平穏に暮らすということに激しい憎悪を感じていたのだと、ジョンは理解していた。キースは一九七八年にドラッグの大量摂取であっけなく逝った。

「キース」

「なんだい、ジョンの旦那」

「君も呼ばれて来たのかい？」

「いいや」

「そうだろうな。君の夢は見たことがなかったしな」

「ヘイヘイ、冷てェよな、ジョン。《ALL YOU NEED IS LOVE & PEACE》のコーラスで参加してあげた恩を忘れたのかい？　はて、あのときのギャラは出たっけかな」

「黙れ。あれは出演させてやったんだ」

「ヘイヘイ、わかったよ。ところでジョン、元気そうじゃないの」

「元気じゃないよ。病院の帰りだ」

「へえー、どこか具合でも悪いのかい」

「……まあね」

「何よ、暗い顔して、水臭《みずくせ》ェな。教えてくれたっていいじゃないの」

「便秘だよ」ジョンはぶっきらぼうに答えた。

「便秘だって？」

「うるさいな」

「はっはっはっは」キースが腹を抱えた。「こりゃいいや。世紀のポップスターが便秘で病院通いだってさ」

涙目で大袈裟に身をよじって笑った。

「おい、キース。ほんとうに君は何をしに来たんだい？」

「ああ、俺様かい。……見るに見かねて来たのさ」

「見るに見かねて？」

「そうさ。付き添いだね」

「意味がよくわからんな」

「おーい！　ブライアン！」キースはうしろを振り返ると森に向かって大声で叫んだ。「ちぇっ、気の小せえおっさんだぜ。一昨日あたりからジョンのまわりをうろついているくせに出てこれねえんだもんな。怖がってるのさ」

「ブライアンがいるのかい？」

ジョンも靄の中で森に向かって目を凝らした。

「そうさ。天国でますます人見知りするようになっちまってな。とくにジョンには生前、さんざんいじめられたものだからビクついてるのさ」

「ブライアン！」ジョンも大声で名前を呼んだ。「そこにいるのかい？　いるのなら、会いたいな」

そのとき、目の先十メートルほどの木の幹に人の姿がぼんやりと浮かんだ。その人影はやがて大きく膨らみ、ゆっくりとジョンに向かって近づいてきた。

かつてジョンの在籍したバンドの、伝説のマネージャー、ブライアンだった。

「やあ」

小さく手を挙げるとブライアンははにかみながら神経質に笑った。懐かしいキューピー顔がそこにあった。

ジョンは十代と二十代で生じるストレスのほとんどを、誰かを罵倒《ばとう》することで発散してきたが、その最大の犠牲者といえるのがマネージャーのブライアンだった。自らリバプールの小便臭い四人組をマネージメントすることを申し出て、世界へ送り出すことに情熱をそそいだこの男は、ジョンの恰好のいじめ相手だった。また同時に、ジョンというとがった個性が長年バンドという組織に留まれたのは、ブライアンの存在抜きには語れなかった。ブライアンは四人に対しては何をされても怒らなかった。おそらくそれは彼の献身的な性格と、気弱さと、ジョンへの愛情によるものと思われた。ブライアンはジョンに恋していた。ブライアンが欲したのは金銭でも名誉でもなく、自分の恋したジョンとその仲間たちが無数の聴衆から愛されるポップスターになることだけだった。ブライアンの願いは《男の野望》ではなく、世話女房になることだったのだ。バンドには各人のストレスを吸収する緩衝材《かんしょうざい》的役割を果すメンバーが必要不可欠だが、それを担っていたのがブライアンだった。四人はいつもブライアンをからかいながら仕事した。だからきついスケジュールにも耐えられた。とりわけサディスティックな一面をもつジョンには、ブライアンはバランスを保つ上でなくてはならないキャッチボール相手のようなものだった。

　ブライアンもまた複雑な人間だった。ユダヤの裕福な家系に生まれた彼は、幼いころから集団の中での調和がとれないという気質に悩み、しばし神経症に陥ってはいっそう孤独を深めていった。そして学校を弾き出され、軍隊をドロップアウトして、レコード店の経営をはじめたところで、ジョンに出会った。一目惚れだった。かなわぬ恋ではあったが、ブライアンはジョンに夢中になった。

ところがジョンはブライアンの気持ちに冷酷だった。同性愛を毛嫌いしていたわけではなく、特定の人種を差別していたわけでもなく、単に機嫌が悪かった。若き日のジョンは、見るもの触るものすべてが気にいらなかったのだ。

ジョンの心ないひとことによってブライアンが取り乱す場面は幾度となくあった。ショー・ビジネス界の成功者として自伝を書いたブライアンがジョンに本のタイトルを相談したとき、ジョンは「いい案があるぜ、『オカマのユダヤ人』っていうのはどうだい？」と人前でからかい、ブライアンを号泣させたことがある。ジョンは少しもすまないとは思わなかった。レコーディングにブライアンが意見をはさんだとき、ジョンは「あんたは金の勘定をしてりゃあいいんだよ」とのけものにして、ブライアンをショックで失神させたことがある。ジョンは薄ら笑いを浮かべて見ているだけだった。

また、ジョンの突発的なやさしさがブライアンの混乱に火を放った。気まぐれに花を贈ってはブライアンの心を乱したのだ。一九六三年にバルセロナへ二人で休暇旅行に出かけたときも、ブライアンの情緒はいちじるしく揺れた。勇気を奮って誘うとジョンはあっけなくオーケーと言った。少女のように胸をときめかせてブライアンは旅に臨んだが、ジョンはまるで無関心に観光を楽しむだけだった。思い切って自分が同性愛者であることを告白すると、ジョンは珍しいものでも見るようにこう言った。「おいおい、君は誰も気づいていないとでも思っていたのかい？　そんなこと、ロンドンじゃ犬だって知ってるぜ」。ブライアンはこれ以上ないほど沈み込んだ。

ジョンのバンドが公演活動を休止すると、ブライアンは仕事を奪われ生きがいも失った。リバプールの四人組は、もはやブライアンの手の届かないところで豊かな才能を開花しつつあった。ブライアンは薬物に耽溺《たんでき》した。そして二度の自殺未遂を試みたのち、薬物依存症によって衰弱死した。


ブライアンは相変わらずおしゃれに髪をポマードで撫でつけ、上等そうなスーツを着ていた。細身のシルエットが時代を感じさせ、懐かしかった。

「やあ、ブライアン、久し振りだね。十年振りぐらいかな」

「そうだね、ジョン。ぼくが死んだのが一九六八年だから、十一年になるね」

ブライアンはうつむき加減に答えた。

「いつ、こっちに来たんだい？」

「一昨日あたりかな」

「よく来てくれたね」

「ほんとうかい？」

「ほんとうさ。会えてうれしいよ」

ブライアンは黙ったまま小さく笑みを浮かべた。

「ぼくが呼んだのかい？」

「そう、みたいだね」

「ぼくは、どうやって呼んだのかな？」

「さあ、ぼくにもわからないさ。こんなことははじめてだしね。ただ、感じたんだよ、ジョンがぼくを必要としているって」

「そう」

「ヘイヘイ」キースが乱暴に口をはさんだ。「俺様は邪魔のようだからあっちへ行ってるわ。ま、二人でお好きにやってくれや」

「待って……キース、ここにいてくれないか」

間髪を入れずブライアンが引き留めた。二人だと間がもたないといった様子だった。

「いいけどよ、ラブシーンだけは勘弁してくれよ」

「ばか。ちゃかすんじゃないよ」

ジョンが睨むと、キースはいたずらっ子よろしく首をすくめた。

「キース。みんなが誤解していたみたいだけど、ぼくとジョンにそういう関係はなかったんだ。何もなかったんだ」ブライアンが静かに言った。

「へえー、そうなの」

「そうなのって……キース、君はぼくとブライアンができてるとでも思ってたのかい？」

ジョンが顔をしかめると、キースは不服そうに「いや、おれだけじゃないぜ」と口をとがらせた。

「おれだけじゃない？　と言うことは……みんなそう思っていたのかい？」

「ふうん、ジョンの旦那は知らなかったんだ。へっへ、そうかいそうかい。はっきり言ってその噂は、ロンドンじゃ……そうだな、犬だって知ってたことだぜ」

キースはそう言うとほんとうに犬のようにニッと笑った。

「おいおい、たのむぜ」

ジョンは額に手を当て、首を左右に振った。

「ヘイヘイ、だってしょうがねえだろう、ジョンの旦那よ。男二人で一緒に旅行なんかに行くからそういう噂が立つんだよ」

「バルセロナのことか」

「そうさ」

「まったく……」

「ジョン」ブライアンが言った。「ごめんよ。ぼくが悪いんだ。ちょいとほのめかすようなことを周囲に言ってしまったんだ。いや、ほんとうにすまない。君には一度謝っておこうと思っていたんだ」

「……ま、いいさ。お互い様さ。ぼくも君にはすまないと思っていてね、ひとこと謝っておきたかったんだ」

「ぼくに？　何を？」

「すべてさ。ひどいことをいっぱい言っただろ。不思議なものでね、昔は何とも思わなかったことが、最近、妙に心に引っかかってね。よく夢を見るんだ。ブライアンに泣かれた夢もね。ブライアン、許してくれるかい？」

「もちろんさ」

「ありがとう。これで胸のつかえがまたひとつ取れたよ」

「ヘイヘイ、ジョンの旦那。あんたいつからそんなに感傷的になったんだい？　らしくないじゃないか。ぶつぶつ毒づいていたほうが似合ってるぜ、あんたには」

「うるさいな。ぼくは変わったんだよ」

「ヘイ、もしかしてブライアンに用事ってそれだけのことなのかい？」

「ああ、そうだよ」

「ふん」キースが不愉快そうに鼻を鳴らした。「あーあ、やだやだ。湿っぽい話はおいらは嫌いさ。……ヘイ、ジョンの旦那。そのぶんだとセンチな曲ばかり書きまくってるんじゃないのかい？」

「いや、曲はもう書いてないんだ」

「書いてないのかい？」ブライアンが心配そうに聞いた。

「ああ、そうなんだ」

「書けないんじゃないのかい？」と皮肉っぽくキース。

「そうかもね」

「ヘイヘイ、怒ることもしないのかよ」キースが溜め息をついた。「あーっ、なんだか俺様も落ち込みそうだよ。強気のジョンに会いたかったのにな」

「すまないな」

キースはつまらなさそうに背伸びをすると、草をポンと蹴った。

「ジョン、君のジュニアに会ったよ」ブライアンがぽつりと言った。

「やっぱりそうかい。どうだい、可愛いだろ？」

「ああ、とってもね。ジョンにそっくりだ。うりふたつとはこのことだね」

「あーっ、やだやだ！　ジョンはマイホーム・パパになりましたとさ」

キースがやけくそのような声を出した。

「ふふ。怒るなよ、いいもんなんだぜ」

「おいら、帰ろっと」

「まあ、待てよ。久し振りなんだし……あ、そうだ。変なことを聞くようだけれど、ほかには誰かいなかったかい？　この森には」

「誰かって誰よ」キースが聞いた。

「……ぼくのママ、なんだけど」

「ヘイヘイ、知らないよ。だいたいジョンのお袋さんなんて俺様は見たこともないよ。ブライアンだって知らないだろ？」

「ああ、伯母さんなら何度も会ってるけどね」

「じゃあ、いいんだ」

「何よ、気になるじゃないの。お袋さんがどうかしたのかい？」

「……夢を見たからね。ここ数日、どうもぼくは霊を呼び寄せる体質になっているみたいでね、昔のぼくのトラウマになっている人が次々と現れるのさ」

「そうか、それは気になるわな。お袋さんはジョンにとって心の棘《とげ》だもんな」

「……どうしてそう思うんだい？」

「ヘイヘイ、俺様だってジョンのファンの一人だし、歌は一応みんな聴いてるんだぜ。『MOTHERLESS』なんかは、こう言っちゃあなんだけど、お袋さんに対する恨み節みたいなもんじゃないか」

「いや、それはちがうよ」ジョンは色をなしてかぶりを振った。「うまくは説明できないけれど、あれは自分にとっての《禁じられた遊び》みたいなものだったのさ」

「よくわからんな」

「ふふ、ぼくもね。でもごく自然に、自分のために書いた歌で、けっして恨みを晴らそうなんて思ってたわけじゃないんだ」

「ふん、ま、それはいいや。とにかく、ジョンの旦那はここのところ霊を呼び寄せていて、それでブライアンも呼ばれたってわけか。ふうん。でもな、ジョン、センチになるのも結構だけど、所詮過去は取り返せないものなんだぜ」

「わかってるさ」

「今日、ブライアンを呼んだことにしたって、それはあんたのエゴなんだからな」

「エゴ？」

「そうさ、エゴだよ。冥土の人間を呼んで心を癒そうなんてのは勝手すぎるぜ」

「……そうだね」

「罪は償うものにあらず、背負って生きるものなり」

「誰の言葉だい？」

「ヘイヘイ、俺様さ。おいらの人生なんか謝って済まないことばかりだったからな」

「キースに説教されるとは思わなかったよ」

「ふん。じゃあ、そろそろ帰るか、ブライアン」キースが顎でうながした。「せっかく会えたんだからもう少し喋りゃあいいもんを、このおっさんはいい年こいて照れ屋なんだから」

「ふふふ」ブライアンが力なく笑う。

「ジョン」

「何だい？」

「君のこと、自慢に思ってるよ」

「ありがとう。ぼくもさ」

「ヘイヘイ、抱き締めてもらったらどうだい？　最後かもしれないぜ」

「よせよ」ブライアンが赤くなって目を伏せた。

ジョンは黙ったままブライアンに歩み寄ると、手を差し延べ、恋人を抱くようにやさしく抱きしめた。ブライアンはうっとりと目を閉じると、その身をジョンにまかせた。

「ヘイヘイ、おまえら、ほんとうはできてるんじゃないのか」

「黙れ」

しばらくそのままでいた。ジョンがキースを見ると、口元に苦笑いを浮かべ、芝居っぽく眉を上下に動かした。キースはやがて靄の中でその輪郭を怪しくし、粒子が拡散するみたいに消えていった。不意に手応えがなくなり、ブライアンはまるでジョンの胸の中に入り込んだかのようにいなくなっていた。

6

緑側で新聞紙を広げてケイコが足の爪を切っていた。帰って来たジョンを上目遣いに見ると、膝を立てたまま「おかえりなさい」と言ってまた爪切り作業に戻った。

「どう？　少しはよくなったの」

「それがね、ドクターは排泄なんかなくてもかまわないって言うんだよ」

「ふうん」

「ふうんって、ケイコ、驚かないのかい？」

「別に。ドクターがそう言うならそうなんじゃないの」

「そうかな」

「そうよ。……ちなみに何日目なの？」

「十日目さ」

「どっちにしろまだ平気よ。わたしだって二週間くらいの便秘はしたことがあるから」

「ドクターは心理的なものだと言っているんだけどね」

「きっとそうね」

さらっと言うのでジョンが振り向くと、ケイコはさっと視線をそらした。

「だって、胃とか腸は感情の共鳴板っていうくらいだから、気にするとよけいにひどくなるのよ」

なんだかあわてて言い訳しているように聞こえた。

「あの《アネモネ医院》って、ケイコが見つけてくれたんだよね」

「そうよ。知り合いに聞いて教えてもらったのよ」

「へえー」

「なによ」

「いや、別に……。ところでホラー小説のほうはどうだい？」

「順調よ」

「どんなストーリーなの？」

「ふふ、内緒」

「いいじゃない、少しくらい教えてくれたって」

「だめ」

ケイコは爪切りを終えると新聞紙を持ち上げ、爪の切屑《きりくず》を庭にまいた。

「こうすると土に還って養分になるのよ」

「嘘つけ。横着なだけじゃないか」

二人で笑った。

午後はその縁側でごろりと横になっていた。不思議なもので、下腹部の重苦しさはすっかりやわらいでいた。ドクターのアドバイスに従ってジュニアと出歩こうかとも思ったが、珍しくケイコが気分転換に散歩に出かけると言い出したので、ジュニアはケイコにまかせ、ぼんやりと庭を見ていた。

あの《森》での奇妙な出来事を考えてみようとしたが、どういうわけか手がかりがつかめなかった。釣糸を垂れていても何も掛かってこない感じに似ていた。鮮烈な体験のはずなのに遠い距離感があるのだ。ふと夢ならそれでもいいかなと思い、顔の痣を手で触って、あわてて打ち消した。そんなはずはなかった。そして自分が少なくとも三つの歓迎しない夢から解放されたことを思って、やや甘い気分になった。今日も収穫はあった。ブライアンは気にしてなんかいなかった。心配事とは、解決してみれば往々にして取り越し苦労にすぎないのかもしれなかった。

あとは母だな。ジョンはそう思うと、少し気を引き締めた。

希望がかなうなら、母と会いたくはなかった。

ブライアンやヘレンの母や船員はこちらが傷つけた側であり、許しを請う立場にあったが、母に関しては逆だった。どう考えてもジョンは被害者であったし、もしもジョンのシニカルな性格形成に生い立ちが起因しているとしたら、それは母のせいだった。父は死んだようなものだったが、母はそうではなかった。その後も気ままな暮らしを送った母は、それぞれ父親のちがう子供をジョン以外に三人も産み、近くに住み続けては思いがけないときに出没してジョンを惑わせた。唯一エジンバラ・ロックという飴菓子を餌に、息子にまとわりついては愛情をかけられることを求めたのだ。ジョンにとって母の訪問は嵐の来襲のようなものだった。

いまさら話すことなんかないさ——。ジョンは心の中でそうつぶやくと、鼻でメロディを奏でた。思いがけずスルリと出たので自分でも驚き、そのまま続けた。頭に浮かぶより早くメロディは鼻からハミングされ、それは素敵な曲の出だしとなった。（おおっ）と心がはやって起き上がると、あわててギターを取りに走った。

ジョンは慎重にメロディを奏でると、アドリブで歌詞をつけた。こちらも喉の奥から自然に涌いてきた。

真新しいシャツにそでをとおし
襟から頭を出したら　そこは懐かしい昔だった
君は信じるかい？

パパとママとぼくがいるんだ
真新しい日記にペンを走らせ
ふとうしろのページを見たら　昨日が変わっていた
君は信じるかい？
パパとママとぼくがいるんだ

アネモネの花が風に散るとき
軽井沢の森はきらきらときらめく
はじめてみつけた少年の宝ものは
甘くて酸っぱい……あの日の記憶

なんてこったい。キースの言葉どおりに自分はセンチな歌を書いている。しかもまた母が登場している——。

それにしても、どうして自分は避けて通りたい母のことを頻繁《ひんぱん》に歌にしてきたのだろうとジョンは思う。キースに弁解したとおり、もはや母への恨みなどたいしてなく、ただ無意識に浮かんだ言葉を並べたらそうなっただけのことなのだ。『MOTHERLESS』はその歌詞が「わけがわからないが人を不安にする」という理由で、多くの放送局から放送禁止を喰らった曲だが、あれも母への否定的な感情などはさらさらなかった。

かあさん　ぼくはかあさんのいない子供だったけれど
かあさんが子供のいない女だったことはけっしてなかったね
ぼくはかあさんを選んだのに
かあさんはぼくを選ばなかった
だからぼくからお別れの言葉をいうよ
さようなら　記憶から消したい

この歌は多くの批評家によって分析されたものだ。ある者は「遺書ではないか」と余計な心配をし、またある者は——どこからそういう発想が出てきたのか——「キリスト教への冒《ぼう》瀆《とく》だ」と言いがかりをつけた。もちろん「母への恨み」というもっとも的外れな文章も多く見かけた。ただ、中にひとつだけジョンが興味を抱いた説があって、それは「フロイトの提唱した《反復強迫》の心理」というものだった。この批評家は、確かこういうことを書いていた。

「ジョンが母親と複雑な関係にあったことはよく知られている。そのジョンが母のことを赤裸々に唄った。そもそも、なぜ好きこのんでジョンは過去の苦痛を曲にして反復しなければならないのか。フロイトの提唱した《反復強迫》の概念は、このような心理を次のように説明している。人は、人生早期の体験を、それがどんなに苦痛に満ちたものであれ、あとになって盲目的に繰り返そうとする無意識的動機に駆り立てられる——。映画『禁じられた遊び』がその好例だろう。子供が人形を土に埋める遊びは、肉親の死を反復して体験することであった。そしてそれはマゾヒスティックな幸福感すら呼びさます。おそらくこの悲壮な名曲『MOTHERLESS』を書いているときのジョンは、戦慄にも近い興奮を覚えていたにちがいない。彼は極度の興奮と、際限のない幸福感にとらわれていたのだ」

はじめてこの記事を読んだとき、ジョンはどこかへ隠れてしまいたくなったものだ。かなり大上段に構えた理屈ではあるが、確かに『MOTHERLESS』を書いているとき、ジョンはある種のエクスタシーを感じ、気持ちが昂ぶって二、三日眠れなかったのだ。そしてなぜか癒された気もした。少し泣いて、すっきりしたのだ。

赤裸々な自伝的歌詞を書くと、人は書き手の葛藤や苦しみを想像したがるが、ジョンはそれにはかなりうんざりしていた。どんなに辛い歌でも、いい歌は快感なのだ。

　でも、そろそろ明るい歌を書きたいな、とジョンは思う。とくにジュニアのことは一度も歌にしていないから、書く必要がある。大人になったとき、自分のために書かれた父の曲があったらどんなに素晴らしいことだろう——。ジョンは想像しただけで気持ちが温かくなる。

「旦那さん」

　そんな考え事をしていたらタオさんが縁側へやって来て、器を差し出した。

「里芋を煮たんですけど、おひとつ食べませんか」

「ありがとう。いただくよ」

　ジョンは爪楊枝《つまようじ》で取り上げるとそれを口に運んだ。ほんのり柚《ゆず》の香りがした。

「おいしいね」

「それはそれは」

「これもお供えものかい？」

　ジョンが仏壇のある部屋のほうを顎で差した。

「ええ、そうですよ。仏様のおやつなんですよ。お盆の十四日は、いちばんご先祖様の霊が集まる日で、もてなすほうも大変なんですよ」

「ふうん。で、その霊はいつまでこの世にいるんだい」

「いつまでいるか、ですか？　明日までですよ」

「そんなに早く帰っちゃうの？　もっとゆっくりしていけばいいのに」

「うふふ、そうですね。でも少ししか会えないからありがたいんじゃないですか。十三日にお迎えして、十五日にはもうお送りするんですよ」

「へえー、三日間だけなんだ」

「……旦那さん、さっきの歌、とってもお上手でしたね。歌。ソング」

「聞いてたのかい？」ジョンは少し照れた。「いいかげんに唄っただけなんだよ」

「とっても素敵でしたよ、よく意味はわかりませんでしたけど」

「タオさんの歌も作ってあげようか？」

「わたしの歌ですって。いいえ、けっこうですよ。わたしなんか」

　タオさんは懸命にかぶりを振った。

「じゃあ、亡くなったケンイチ君の歌は？」

「ほんとうにけっこうですよ、うふふ」

「ケンイチ君の歌だってば」

「え、息子の歌ですか。いいえ、とんでもない」

「でも、天国で聞いてくれるかもしれないよ」

「死んだ子の年を数えてもしかたのないことですから」

　タオさんが少ししんみりした。

「ごめん」

「いいえ。ありがとうございます」

「ああ、そうだ」ジョンは急に思いついた。「ところで二手橋ってあるよね」

「ええ、矢ヶ崎川に架かってる」

「あの橋って何かあるのかい」

「何かっていいますと」

「笑うんだけどね。ぼくが通るたびに」

「橋が、ですか？」

「うん」

「よくあることですよ」てっきり冗談にとられると思ったら、タオさんは驚きも笑いもせず淡々と答えたので、ジョンのほうがびっくりしてしまった。「橋はときどき、人間様にいたずらをしますからね」

「ええと、よくわからないな」

「昔から言われてることなんですよ」

「昔からって？」

「橋は端っこの《端》って意味もありましてね……」

タオさんはいつもどおりの穏やかさで話をするのだが、ジョンにはわからなかった。

「うーん……さすがにこれは通訳が必要みたいだね」

「はい？」

「いや、いいんだ。今度ケイコがいるときにまた教えておくれ」

「ええ。……どうですか。もうおひとつ」

「そうかい。じゃあ……。里芋って実においしいね」

「ふふ。旦那さんって、ほんとうに日本人みたい」

タオさんはそう言ってほほ笑むと、里芋の入った器を持って奥の間へ消えていった。

縁側で再び一人になったジョンは、考え事の続きをしようと思ったが、どうせ堂々巡りになるのに決まっているのでやめた。そしてしばらくギターを抱え、いくつかのメロディを思いつくまま鳴らした。

意外なほど安易に曲が流れ出てきた。まるで二十代のころ、放っておいても体の内側からどんどんアイデアが涌いてきた、あの感覚に似ていた。

念のため譜面に起こしておくことにした。もしかするとアルバム一枚分くらい出来るかもしれない――。そう思うとジョンは突然うれしくなって二階の書斎へ五線譜の用紙を探しに行った。もう何年も五線譜など必要としなかったけれど、ケイコは、いつその気になるかわからないからと言って、常備しておいてくれているのである。

滞在中は夫婦兼用の書斎ということになってはいたが、実際に使っているのはケイコだけである。筆無精のジョンはめったに手紙など書かないし、本を読むときは縁側に寝転がるほうが好きだ。書斎はきれいに整頓されていて、時間が堆積《たいせき》したような古風な黴《かび》の匂いがした。ジョンは部屋を眺めまわすと、適当にあたりをつけて本棚の下の引き出しを順にのぞいた。続いて机の引き出しを開け、中のものを点検していくと、いちばん下の箱から封筒に入った五線譜が見つかった。あったと思って心を弾ませ、ふと机の上を見ると、タイプの隣に重箱のように何段にも積まれたスチール製のトレイがあり、そこに英文の原稿が四隅をきれいに揃えて収まっていた。外国暮らしが二十年を越えるケイコは、もはや英語で書く文章のほうが得意だ。ケイコの書いているホラー小説の原稿だとジョンはすぐにわかった。

もちろん夫婦といえども適度の礼節が必要であることをジョンは知っているので、そのまま立ち去ろうとしたのだが、原稿の一頁目のタイトルだけは目に入ってしまった。そこには《CROWS》という文字があった。

「カラス」……か。なんとなく想像がついた。ヒッチコックの『鳥』のような話かな、とジョンは思った。はずみで一段目のトレイを持ち上げると、その下の原稿の一頁目には《SISTERS》の文字がある。「姉妹」。これは姉妹が怖い目にあうという話だろうか。続けて下の段をのぞいていくと「窓」「写真」と短い題名がタイプで打ってあった。どうやらケイコが書いているのは短編集のようだった。どれもホラー小説にしてはおどろおどろしくない題名だったので、かえってそれがジョンの興味を誘った。その素っ気なさが逆に作品に対する自信のように思えた。

そしてふと屑かごを見ると、そこには雑巾をしぼるようにねじられた原稿の束《たば》があり、それは破棄された没原稿らしかった。（ふうん）となにげなくのぞき込んだ。歪んだ紙の一頁目のタイトルが目に飛び込んだ。そこには《NIGHTMARE》とあった。

「悪夢」だって？　これだけ直截的《ちょくせつてき》なタイトルだった。おまけにジョンには身に覚えがあるだけに穏やかではいられなかった。

意志とは関係なく手がスルスルと伸びた。ジョンがねじれた原稿の束をのばし、タイトル頁をめくると、出だしの一行目にこう書いてあった。

《わたしは夫の悪夢を知っている――》

一瞬、ジョンは心臓をわしづかみにされた気がした。ゆっくりと血の気が引いていくのがわかった。そのまま椅子に腰を下ろすと、ジョンは小さく震える手で、乱暴にシワをのばしながら、原稿に目を走らせていた。

「タオさん」

「はいはい、なんでしょう」

タオさんは台所仕事の手を止めてジョンの方を振り向いた。

「プラムってあったよね」

「何ですか？」

「ほら、お粥《かゆ》に入れて食べるやつ。例のしょっぱい……」

「ああ、梅干しですか。ええ、ありますよ」

「一個くれるかな。塩のたっぷり付いたやつ」

「ええ、いいですよ。お食べになるんですか？　まあ、旦那さんもすっかり梅干しが気にいったみたい。いいんですよ、これは、健康に」

タオさんは小皿にひとつ載せるとジョンに差し出した。

「いや、いま食べるんじゃないんだ。そうだな……ラップに包んでくれるかな。ラップ。包むの。わかるかな」

「ええ、わかりますとも。でも、どうなさるんですか？　そんなことして」

「うん？　そうだね、お守りみたいなものさ」

ジョンは肩をすくめてみせた。

「まあ、変な旦那さん」

四日も続けて通院すると、《アネモネ医院》はジョンにとってなじみの食堂のような気安さがあった。アテナの清楚な美しさに接する楽しみもあったし、ドクターとの関係も悪くはなかった。受け入れられているという安心感があった。そして落ち着くにつれて、あらためて気づくこともあった。診療所のくせに消毒薬の臭いがまったくしなかった。もちろん必要とあれば注射器を出してくるのだろうが、それがどこかにしまってある雰囲気すらなかった。

「アテナ」

「はい何でしょう、ジョン」

「ここにはレントゲンとか、そういった器具はあるのかい？」

「いいえ、ございませんわ」

「どうして？」

「……小さなところですし、レントゲン技師もいませんから」

「ふうん。……それから妻に聞いたんだけど、ここって夏場だけ開業してるってほんとうかい？」

「ええ、そうですよ」

アテナはそれが当たり前のように返事をした。

「どうして夏場だけなのかな」

しばらく考えるとアテナは、「いけませんか？」とやさしいけれど事務的な目でジョンを見て言った。

しばらく待って名前が呼ばれた。診察室に入ると、すでにドクターは待ち構えていて時候の挨拶を交わした。

「暑いですね、今日も」

「まったくね。白糸の滝にでも打たれたい気分だよ」

ドクターは下を向いて笑うとジョンに着席をうながした。

「さて、お加減はいかがですか？」

「よくはないね」

「どうしてですか？」

「昨日ドクターが言ったことだけどね、やっぱり納得するのは無理だよ。排泄なんかなくてもいいとはとうてい思えないな」

「そうですか？」

「ふつう、人は毎日大便をするものさ」

「ほほう、あなたはずいぶん理性的な方なんですね」

そんなことを言われたのははじめてなのでジョンは返答に困った。

「じゃあ、こういう話をしましょう。ある国に軍隊蟻という種類の蟻がいるそうです」

「軍隊蟻？」

「そうです。まあ聞いてください。その軍隊蟻は巣をいっさい持たずに、絶えず一列になって整然と前進を続けることで知られています。朝も昼も夜も、休むことなく前に進んでいるわけです。そこに一人の男が現れた。彼はそれを見ていたずら心を起こし、こんなことをしました。先頭を行く蟻の鼻先に蜜のついた棒を差し出し、円を描くように誘導したんです。先頭を行く蟻は大きなカーブを描いて、やがて最後尾の蟻のお尻についてしまいました。そこで男は蜜の棒をさっと引いた。つまりそこに蟻の円環ができあがったわけです。軍隊蟻はもうどこにも行くことはできない。ただ、ひたすら円を描いて回り続ける……。さて、ジョン、あなたの感想は？」

「ずいぶんひどい男がいたものだね」

「そう思いますか？」

「ああ、残酷な状況だよ」

「なぜそう思うんですか？」

「なぜって……そうだな、まるでいまのぼくみたいじゃないか。便が出なくてひたすら堂々巡りしてるわけだからね」

ドクターがわずかに口の端を上げた。

「じゃあ、ジョン、あなたはそれを見てどうしますか？」

「助けてあげるさ」

「どうやって？」

「そうだな。適当なところに紙でも差しこんで円を断ち切って、別の方向に逃がしてやるさ」

「それで軍隊蟻はしあわせになると思いますか？」

「さあね、蟻に聞いておくれよ」

「円環のどこがいけないんですか？」

「……どこにも行けないっていうのはかわいそうなんじゃないかい」

「そうですかね。わたしはどこかに行く必要などないと思いますけどね」

ジョンは返答に詰まった。

「前進がよくて停滞はいけないんですか？」

「……そんなこと聞かれてもわからないさ。だいたい軍隊蟻とぼくの便秘とどんな関係があるんだい？」

「人間にしろ、動物にしろ、生きていくうえでしなければならないことなど実はひとつもないのです。読まなければならない本もなければ、会わなければならない人もない。食べなければならない物もなければ、行かなければならない学校もない。権利はある。しかし義務はない。してはいけないことがいくつか存在するだけで、しなければならないことは何もないのです。あなたは《かくあるべし》という気持ちが強すぎる」

「そうかな」

「そうです。この期《ご》に及んで、まだ排泄に対する世間の常識に縛られている。わたしがあれだけ排泄などなくたって構わないと言っているのに」

またしてもドクターは熱弁口調になった。

「むちゃだよ、ドクター、それは」

「かつてこんな患者がいました。患者は小説家でした。彼はあなたと正反対で便が出すぎて困ると訴えてきました」

「うらやましい人だね」ジョンは肩を揺すった。

「彼は用を足してトイレを出ると、次の瞬間、もう便意をもよおしてくる。あわててトイレに戻る。再び用を足す。ところがトイレを出るとまたしても便意をもよおしてしまう。彼はそれでは原稿がまったく書けないと悩んでわたしのところへ来たのです」

「で、どうしたんだい？」

「わたしは勧めました。トイレを広くして書斎に改造したらいかがですか？」

ジョンは声をあげて笑っていた。

「その患者は便座に腰掛けて原稿を書いたのかい？」

「さあ、そこまでは知りません。ただ、彼はその後とある文学賞を獲りました。いまでは売れっ子の作家です」

「ふうん。面白い話ではあるね」

「つまり、人は、まかせることがいちばんなのです」

「……そうかもしれないね」

「なすがままに（let it be）」

一瞬、ジョンのおなかがひきつりかけた。

しばらく雑談があって、ドクターはカルテを整えると、机の隅にのけた。

「それでは……マッサージをはじめましょうか。ジョン、両手を前へ」

「ドクター、その前にちょっとトイレへ行っていいかい」

「どうぞ」

ジョンは待合い室を抜けてトイレに入ると、ポケットからラップの包みを取り出し、その中の梅干しを口に入れた。頬の奥に押し込んだ。鏡を見て、しょっぱい顔に見えないようにこらえ、そのままの表情を維持して診察室のソファに戻った。

「では、手を出して」

ドクターはジョンの手を取ると、いつものようにてのひらのツボを親指でマッサージしはじめた。

「肩の力を抜いてください……はい、体をらくにして……椅子の背にゆったりと体重をあずけてください」

ジョンは言われるとおりにした。

「これから深呼吸をします。はい大きく吸って……ゆっくり吐いて……大きく吸って……ゆっくり吐いて……わたしの声は聞こえますね」

目を閉じて小さくうなずいた。

「大きく吸って……ゆっくり吐いて……だんだんらくになっていきます」

一分としないうちに体が左右に揺れる気がして、頭を立てているのがだるくなった。そのまま背もたれの上に頭を乗せた。

「大きく吸って……ゆっくり吐いて……」

体中の細胞までが動きを止めた感じがして、心地よさが脳に充満した。

「大きく吸って……ゆっくり吐いて……」

意識が遠のきそうなところでジョンは気力をふりしぼって梅干しをかんだ。果肉がトロリと口の中にこぼれ、刺激が脳天にまで響いた。慎重におなかに力を入れて、しょっぱさに耐えた。

「ジョン、聞こえていますね」

黙ってうなずいた。

「これから数を数えます。三つ数えたら、あなたは深い催眠に入っていきます。はい、ひとーつ……はい、ふたーつ……はい、みいーっつ。……あなたは昔に帰っていきます。ずうっとずうっと昔に帰っていきます。返事をしてください、ジョン」

「はい」吐息まじりに答えた。

「昨日はブラックプールの出来事を聞かせてくれたよね」

ジョンの体が一瞬、緊張した。

「はい、体の力を抜いてください。怖がらなくていいんだよ。じゃあもう一回深呼吸をして……大きく吸って……ゆっくり吐いて……。ブラックプールではちょっと悲しいことがあったよね。どんなことだったかな、答えてくれる？」

ドクターの口調が子供に対するそれに変わっていた。

「パパとママが喧嘩した」

「そうだったね。それでジョンは泣いちゃったんだよね」

「うん」

「パパはそれからどうしたのかな？」

「わかんない。どこかへ行っちゃった」

「あれから一度も会ってないの？」

「うん、会ってない」

「会いたい？」

「会いたくない」

「どうしてかな？」

「だって、顔も忘れたし、伯父さんがいるからいいもん」

「そうだよね、ジョンには伯父さんがいるんだもんね。でもパパは遠いお国で、きっとジョンのことを自慢に思ってると思うよ」

「どうして？」

「だってジョンは大きくなると、とっても有名なポップスターになるんだよ。みんなに愛される人になるんだよ」

ドキリとした。

しばらく父の話は続いた。ドクターは、父がいかにジョンを愛していたかを説いた。

「じゃあママの話をしようか。ママはあの後どうしてたのかな」

「近くに住んでた。知らない男の人と」

「それで？」

「ときどき伯母さんの家に会いにきたの」

「ママは何をしに来たのかな」

「わかんない」

「遊んでくれた？」

「うん、遊んでくれた。キスもしてくれたよ」

「何かジョンに買ってくれた？」

「うん、エジンバラ・ロックをいつもお土産にくれた」

「エジンバラ・ロックって？」

「そういう名前のキャンディ。固いけど、とっても甘くておいしかったよ」

「へえー、ジョンのママってやさしいんだね」

「わかんない」

「どうして？」

「だって……」

「だって？」

「約束を守らなかったから」

「どんな約束？」

「今度はいつ来るの？って聞くと、来週の日曜日に来るよって言うから、待ってると、来ないの。それでずっとずっと待ってて、玄関のところで待ってて、それでも来ないの」

「ジョンは玄関のところで待ってたの？」

「うん、待ってたよ。玄関の窓からお外を見ながら待ってた」

思い出した。母はジョンの頭を撫でながらいつも簡単に言っていた。来週また来るからね、と。ジョンはその瞬間から、来週が待ち遠しくなり、指折りカウントダウンをはじめる。木曜日になると、あといくつ寝ると日曜日かなと伯母にたずね、金曜日になると、母に読んでもらう絵本を用意し、土曜日になると、もはや自分をおさえつけることはできず、べッドで跳びはねていた。そして日曜日がやって来る。

ある早春の日曜日に、ジョンは母が来るのを待ちきれずに早起きし、朝食もそこそこに外へ飛び出した。外の空気はヒヤッとしたが、寝不足の目を冷たく醒《さ》ましてくれて心地よかった。門のところで通りを眺めているところ、伯母に風邪をひくからとたしなめられ、仕方なくジョンは家に入っていった。それでも居間にいるのを拒絶して、玄関の窓から外を見ながらずっと母を待っていた。

通りを人影が横切るたびに心がはやり、そのつど落胆を繰り返していた。午前中をずっとそうやってすごすと、ジョンはママは午後から来るんだと気持ちを切り替えて、ランチを伯父と伯母の三人で済ませた。もちろん食べ終わると、玄関で外を見ていた。しばらくすると伯母がやって来て、ジョンの肩に手を置くと、おやつがあるわよと居間に連れ戻した。ママのぶんは?と聞くと、とってあるわよと答えるので安心して食べた。その後も玄関から門を見守り続けた。部屋の暖房でガラスが曇るので、手でそれを拭いて外を眺めた。

ときおり伯母さんがうしろから声をかけた。ジョン、絵本を読んであげようか? だめだよ、今日はママに読んでもらうんだから――。ジョンが、ママどうしたのかな?と伯母に聞くと、伯母は困ったような顔をして台所へ消えていった。入れ代わりに伯父さんが公園へ行ってフットボールしようかと笑顔で話しかけてきた。だめだよ、もうすぐママが来るんだから――。首を横に振って玄関で母を待っていた。そうやって一日中、ジョンは母を待っていた。

日が傾きかけると、同じようにジョンの心にも影がさしてきた。玄関の窓から見る夕焼けが、なんだか遠い母の背中にダブって見えた。ふと伯母さんの腕がうしろから伸びてきて、ジョンを抱き締めた。振り返ると、かける言葉もなくて困っている顔がそこにあった。その暗い顔を見て、ジョンは子供ながらすべてを察した。

ジョンの目から涙があふれ出た。

「どうしたのかな、ジョン、そんなに悲しいのかな」

ドクターの声が耳元に響いた。

声にならないのでうなずいて答えた。

涙がこぼれるままにまかせ、つばを呑み込み、呼吸を整えた。

「そうだね、ママは約束を守らなかったものね。それはいけないことだね」

母はそのまま一年も姿をくらますことさえあったのだ。

「でもね、ママはずっとジョンのことを愛していたんだよ」

何を言い出すのだろうと思った。

「だって、ブラックプールのことだって、ジョンのことが好きだから取り返しに来たんだよ。そうでしょ？　嫌いならわざわざそんなことしないでしょ？　つまり、パパもママもジョンのことを愛しすぎていたんだよ」

そんなことがあるものか。あれは二人の意地の張り合いだったのだ——。

「ジョン、聞こえる？」

母の声がした。驚きで心臓が口から飛び出しそうになった。

「ジョン、約束を守らなかったママが悪かったわ。ごめんね」

それはアテナの声だった。一瞬にして力が抜けた。

「ママもね、約束を守らなかったことをとっても気にしてるのよ。ママはジョンが十七のときに死んじゃったけれど、生きてるうちに謝れなかったことをとっても後悔しているの。いまでもね、あのころのことを思い出しては、どうしてもっとジョンにやさしくできなかったんだろうって、すごく気に病んでいるの。もっと生きていれば、きっとママはジョンと仲良しになれたと思うわ。ジョン、聞いてくれてる？」

黙ってうなずいた。

「むしのいいお願いだけど、ママ、ジョンに許して欲しいの。その前に謝るわ。ごめんなさい、ジョン。ママのことまだ怒ってる？」

「もういいさ」

落ち着いて言った。ジョンは大人の声で返事した。

「わかったよ」

ゆっくり瞼を開け、正面のドクターを静かな目で見た。斜め上にはアテナがいた。

「もうたくさんだ、ドクター」

ドクターはその場で凍りついていた。目にわずかに動揺の色がみられたが、それでも瞬時に事態を把握し、自分なりに対処したようだった。ポーカーフェイスに変わりはなかった。

「起きてらしたんですか……」

ドクターは低い声で、落ち着き払って言った。

「ああ、これのおかげでね」

ジョンは口の中から梅干しの種を吐き出すと、それはころころと床を転がっていった。

「アテナ、向こうへ行ってなさい」ドクターは顎で指図すると、「どうしてわかったのですかな？」と向き直って聞いた。

「正直な妻のおかげでね」

「奥さんが話したんですか？」意外そうな声を出した。

「いいや、妻の書いている小説を読んだのさ、内緒でね」

「ほほう、どんなことが書いてあったのですか？」

「じゃあ話そうか……。夫の悪夢に悩む妻がいたのさ。もう何年も、夫は隣のベッドで悪夢にうなされては苦しんでいる。妻はそのうわごとを何度も聞いているうちに、夫の心の傷がどのようなものであるか見当がつくようになっていた。聞いたことのない過去の出来事を知るようになった。そして妻はその傷を癒してやることを思い立ったわけさ。妻は森の呪術師のところへ出かけていった。わたしの夫から悪夢を取り去ってくださいってね。呪術師は言ったんだ。よろしい、夫の暗い過去の記憶を変えてあげましょう。妻はよろこんで、夫をこの呪術師のところへ行かせた。そして夫の心は癒されはじめた。しかし、呪術師は夫から抜いた悪夢を、妻に移植しはじめた。妻は身に覚えのない記憶に悩まされ、やがて悪夢に苦しむようになる……」

「面白そうですな」

「だろ？」

「わたしは呪術師、ですか……」

「似たようなものじゃないか」

「それは心外ですな。わたしはれっきとした精神科医ですよ。わたしがおこなったのは催眠療法に過ぎません」

「患者に断りもなくするのかい？」

「ええ、そうですとも」ドクターは無表情のままジョンを見すえた。「奥さんの了解は得ています。と言うより、これはあなたの奥さんからの依頼なのです」

「……ああ、あの小説を読んでなんとなくそんな気はしたよ」ジョンはフンと鼻を鳴らした。「お見事だよ、グルだったとはね」

「いいですか。精神医療に暗示は欠かすことができない要素なんですよ。これから暗示をかけようという患者にわざわざ断ってやるわけがありません」

「不愉快だな」

「それは理解します」

「妻を呼んでもらおうか。いますぐに」

ドクターは少し沈黙し、あきらめ顔でうなずくと机の上の受話器を取り上げた。

ケイコは十分ほどで《アネモネ医院》に現れた。

7

　ケイコは道すがら覚悟を決めてきたのか、何事でもないような態度をとった。診察室に入ってジョンの顔を見ると、腕を組み、少しだけ困ったような笑みを浮かべ、「ジョン、怒っちゃいやよ」と言った。

「説明してもらおうか、ケイコ」

　ジョンは突き放した目で言葉を投げかけた。

「怒らないって約束して」

「そんな約束はできないね」

「だってあなたのためを思ってのことなのよ」

「いいから説明してくれ、いますぐ」

　ジョンは少し声を荒らげた。

「じゃあ言うわよ」ケイコはひとつ溜め息をつくと話をはじめた。「あなたの悪夢のことは知ってたわ。十年も一緒にいれば当然でしょ。もちろん、ハンブルクのこともブラックプールのこともね。だってあなたのうわごとって凄いんだもの。おれは人殺しだーっ、って。隣で寝ててわたし気が気じゃなかったわ。以前は頃合いを見計らって聞き出そうと思ってたんだけど、なんとなく聞きそびれて。それにわざわざ昼間に思い出させるのもかわいそうな気がしたから……。だからジュニアが生まれて、あなたから悪夢が去ったときはほんとうにほっとしたわ。ジョンはやっと安らぎを手に入れたんだって、涙が出るほどうれしかったわ。それなのに、この夏になって突然再発するんだもの、わたしオロオロしちゃって、それで軽井沢会の知り合いを通じてドクターを紹介してもらったの。東京の精神科医よ。電話で相談したら、夏の間は軽井沢の別荘ですごすっていうから、無理を言ってお願いしたの、うちのジョンを助けてくださいって」

「じゃあ最初から精神科だって言ってくれればいいのに」

「言ったわよ、心療内科だって」

「そんなむずかしい言葉で言わなくったっていいじゃないか」

ジョンは髪をかきあげながら口をとがらせた。

「もう、せっかくうまくいっていたのに……。だいたい人の原稿を盗み見るなんて、それも一度捨てたものを屑かごから出してまで」

ケイコも同じように口をとがらせた。

「面白い原稿じゃないか。没にするのはもったいないんじゃないの」冷たい声で言った。

「書いてはみたけれど、もしも本になったらあなたの目にとまるからやめにしたのよ。……まったくプライバシーの侵害だわ。許されないことよ」

「何が許されないことだよ、人に勝手に催眠術なんかかけておいて」

「事前に言ったら意味がないってドクターに教えられたんだもの、仕方ないでしょ」

「おい、開き直るなよ」

ジョンがいきり立った。

「まあまあ」ドクターが割って入った。「ジョン、奥さんもあなたのことを心配してやったことですから、ここはひとつ穏便に」

「穏便にだって？　人の心を勝手にのぞいておいて、しかもそれを操作しようなんて。ドクター、あんたも相当ひどい人だね」

「ちょっと、ドクターにあたらないでよ」

「ああ、いいんです、わたしのことなら。確かにジョンの怒りもわかります」

「当たり前だ、イギリスなら告訴ものだよ」

「あら、じゃあ訴えてごらんなさいよ。ついでにわたしも訴えればいいわ」

「なんだって、もう一回言って——」

「まあまあ、奥さんも、ジョンも」

「あのう……」

三人で声がするほうを見ると、アテナが麦茶をお盆に載せて立っていた。なんだかボクシングの試合でブレイクの声がかかったみたいで、しばし静寂があった。ケイコが小さく吹き出した。

「まあ、お茶でも飲んで、それからゆっくり話しましょう」

ドクターの提案で三人はそれぞれ椅子に座り直した。

「ドクター」ケイコが言った。

「何でしょう?」

「これですべては水の泡ってことなのかしら」

ケイコはケイコなりに気落ちしているようだった。

「いえ、そうでもありませんね。ジョンの心的外傷は確実に癒されているはずです。確かに本日の催眠療法は失敗に終わりましたが、昨日までの治療に関してはかなりの成果が見られます。あとはジョンがどのように納得するかですが……ジョン」

ドクターはジョンを見た。

「もう悪夢からは解放されたと思いませんか?」

「ああ、そんな気はするね」

「それは素晴らしい。おまけに、わたしは驚いたのですが、ジョンの場合は、自分の脳の中の治癒能力まで呼び覚ましたようですね。これは実に画期的な例と言っていいでしょう。なにしろ、わたしの催眠とは別個の夢治療を自己でおこなっているわけですから」

「どういうことかな？」

「あなたは森でトラウマの対象となる霊と遭遇して、それぞれ和解したとおっしゃった。わたしの治療例でははじめてのことです」

「あん？」ジョンは声をあげた。「じゃあ、ドクターは、ぼくの森での体験を夢だと言うのかい」

「夢と言ってはミもフタもありませんから、《無意識の治癒》ということにしましょう。あなたは、脳によって癒されたのです」

「冗談じゃない。ぼくは確かにあの森で、昔のみんなに会ったんだ。何が《無意識の治癒》だ、ぼくはそんなものは信じないね。そうだ」

　ジョンはドクターに顔を突き出した。

「だいたいこの痣はどうやって説明するつもりなんだい？」

「……知りたいですか？」

「ああ、ぜひ知りたいね」

　ジョンはなかば喧嘩腰だった。

「それは、自分でつけた傷なのです」

　すぐには声にならなかった。ジョンは目を丸くすると天井を見上げた。

「ヘーイ、あんた気は確かかい？　ぼくが自分で自分を殴ったと言うのかい」

「そうです」ドクターは自信たっぷりに言った。「精神医学には自傷行為というものがありますが、それが別の形で現れたと考えていいでしょう。そうですね、こういう例ははじめてなので既存の名称はありませんが、《罪悪感への過度の補償》とでも名づけましょうか」

ジョンは理解できないといったふうにかぶりを振った。

ケイコは黙って聞いていた。おそらく電話ですでに知らされていたのだろう。

「いや、まったくわたしも驚きました。人間にここまで自己治癒能力があるとは、正直に言って認識不足でした。これはさっそく論文にして学会で発表するつもりです。いや、ジョン、もちろんあなたの名前は出しませんから、どうかご安心を」

「ぼくはそんなもの信じないよ」

「けっこうです。あなたにとっての事実は心の傷が癒されたこと、その一点だけですから、わたしの言うことは聞き流していただいてけっこうなのです」

しばらく沈黙があった。ジョンは口をきくのもだるくなっていた。

「ドクター」

「はい」

「……それはいいとして、ぼくの便秘のことなんだけどね」

「まだそんなことをおっしゃっているのですか」

「そんなことって……」

「排泄などなくてもいいと何度も言っているじゃないですか」

ジョンは頭がくらくらしてきた。明日から自分はどうなるのだろうと思った。

「通院のほうはどうしたらいいのかな」

「明日もいらしてください」

「何をするんだい？」

「できれば、今度は本人了解のもとに別の心理療法を続けたいのですが……」

「お断りだね」

「ジョン」ケイコが口をはさんだ。「その件に関しては今日うちに帰って二人で相談しますから……。大丈夫です。明日も来させます」

「誰が――」

ジョンが言いかけ、すかさずケイコが小学校の教師みたいにジョンを睨んで遮《さえぎ》った。そして、さあ帰りましょうとジョンの腕をとり、席を立った。

二人で診察室を出ると、カウンターにいるアテナと目が合った。

「アテナ、さっきの芝居はなかなか素敵だったね」

やんわり皮肉を言うと、ケイコが背中をつねりあげた。ジョンが飛び上がる。

「ジョン、明日もぜひいらしてくださいね」

少しはばつの悪そうな顔でもするのかと思えば、アテナはいつもどおり穏やかにほほ笑んでいた。

そうして玄関の扉を開けると、目の前には一面の靄《もや》が広がっていた。それはいつもより濃く、まるで森全体が胎動するかのようにゆっくりと渦巻いていた。


ジョンの胸がざわざわと騒いだ。名状しがたい妖気のようなものがそこにはあった。

ケイコのジョンの腕をもつ手に力が入った。隣を見ると、何かの異様に気づき、少し身を固くしているのがわかった。

「ジョン、何か変ね」

ケイコが感情を殺した声で言う。彼女は不安なときほど逆の態度をとった。

ジョンはそれには答えないで前に進んだ。肌が靄の気流に圧されている気がした。まるで水中で流れに逆らって歩いているような錯覚にとらわれ、足が重かった。昨日まではあきらかに勢力がちがう何かが森に潜んでいた。

「ねえ、なんだか気味が悪いわ」ケイコが言った。「別の道はないのかしら」

「ないね。一本道なんだ」

そのとき靄の中に人影が見えた。ケイコが腕を引き、ジョンも立ち止まった。

その人影は音もなく近づいてきた。

「ヘイヘイ、ジョンの旦那」

キースだった。

「昨日の今日ってェのもなんだけど、あんた、いろいろ呼んじゃってるみたいだぜ」

キースはやや困惑顔で首をすくめてみせた。

「また、誰か来てるのかい？」

「いや、もう誰かっていう段階じゃないね。俺様もよくわからないんだけれど、こっちの世界を……こっちっていうのは、つまり、俺様のいまいる世界のことなんだけどね……それをあんたがグイッと引き寄せてしまったみたいなんだよ」

「どういうことだい？」

「無理だよ、説明は。どうやら、この森でこっちの世界とあんたらの世界が重なりあっているみたいなんだ。昨日まではるばるやって来たって感じだったけど、今日はちがうな。もう隣同士って感じさ。ま、ちょいと知らせておこうと思ってね」

ジョンが返答に詰まっていると、キースは視線をずらし、人懐《ひとなつ》っこい笑みを浮かべて「やあ、ケイコ、久し振りだね」と言った。

「あら、キース、こちらこそ」

ケイコは平然と挨拶を返した。

夫婦で頻繁にパーティーに顔を出していたから顔見知りではあるが、その落ち着いた態度はジョンにとって意外だった。

「ケイコ、驚かないのかい？　去年逝《い》っちゃったキースだぜ」

「驚いたわよ」

「じゃあ、なぜキャーとかワーとか騒がないんだい？」

「騒いでほしいの？」

「いや、そういうわけじゃないけど……」

「頭の中で整理をしている最中はいちいち反応しないことにしているの」

「じゃあ整理が済んだら知らせてくれるかい？」

「いいわ……」ケイコはしばし考えこんだ。「ジョン、それより、ドクターを呼ぶっていうのはどうかしら」

「ああ、いい考えだね。目にもの見せたいね」

ケイコは《アネモネ医院》へ小走りに戻った。

ジョンはドクターに言ってやりたかった。これでも夢なのかい——？

ところが、ふと自分が催眠の最中にいるのではないかという疑念も同時に頭に浮かび、ジョンははっとした。

これは現実なのだろうか。それとも催眠の中なのか。さっきはほんとうに催眠がかからなかったのだろうか。もしかするとこれも夢の中なのか。いやそんなことはない。しかし、そもそも自分はいつから目が覚めているのだろうか——。そう考えてみるとすべてがわからなくなって、ジョンの思考は千々《ちぢ》に乱れるのだった。

「ところでキース、これは、現実だよね」

「むずかしいことは聞かないでくれ。俺様だってこうやってジョンの旦那と会っていることが不思議なんだから」

「幽霊のくせして不思議がらないでくれよ」

「あのなあ、露骨に幽霊って言うなよ。なんだか自分が情けなくなってくるじゃないか」

「どう呼べばいいんだい？」

「精霊さ」

「ああ、努力するよ」

その間にも靄のうねりは威力を増していって、まるで木が軋むような音が空中のあちこちで鳴った。スローモーションで動く竜巻の中にいるような気がした。

背中に足音が聞こえ、ケイコとドクターがやって来た。うしろにはアテナもいた。

「すごい靄ですね。こんなのははじめてだな」ドクターが周囲を見渡して言った。「それに、なんだか息苦しいですな」

「そう言えばそうだわ。空気が薄いんじゃないかしら」

ケイコも同じ感想をもらした。

「ドクター」ジョンが振り返った。「ぼくの友人を紹介するよ。キースだ」

「そうですか。はじめまして」

「やあ」キースは山高帽をひょいとつまみ上げた。

「このキースは去年、亡くなったんだ」

「ほう、それはそれは」

「つまりドクターの目の前にいるのは幽霊さ」

「精霊」とすかさずキース。

ドクターが動じる気配を見せないので、ジョンはケイコに証言を求めた。

「そうなんです。この人、去年確かに亡くなってるんです」

「そうなんですか？」

「ええ。わたしもどう判断していいものかわからなくて……。確かに幽霊と言われれば幽霊なんですよ」

「精霊だってば」

ドクターは眉をひそめると腕を組み、うーんと唸った。

「キース、とおっしゃいましたね。あなたは死んだ人なのですか？」

「ああ、そうだね」

「それがどうしてここにいるわけなんですか？」

「俺様にもわからんさ。ただ、ジョンがなんらかの力で精霊たちを呼び込んでいるらしいってことはわかるんだけどね」

「ほほう、それは興味深い話ですね。よろしかったら……あなたもわたしのカウンセリングを受けませんか？」

「ヘイヘイ、ジョン、このおっさんは何なんだい？」

「キース、ドクターって呼んで」とケイコ。

「どうやら、ドクターは信じていないようだね」

ジョンは腰に手を当てると溜め息をひとつついた。

「オーケー。じゃあ会いたい人がいたら言ってみな。なにしろあの世と隣合っているわけだからな、俺様が連れてきてやるよ」キースが言った。「ジョン、どうだい、バディ・ホリーでも連れてきてやろうか？」

「なんだって！　バディ・ホリーだって！」

「ああ、ジョンの旦那の憧れのヒーローさ」

「た、た、頼むよ。ぜひ会いたいんだ」

「よっしゃ。ちょっと待ってな。……あ、エルビスはいいのかい？」

「それはやめとくよ」

キースは踵《きびす》を返すと靄の中に入っていった。バディ・ホリーは一九五九年に飛行機事故で死んだロックンローラーで、十代のジョンがもっとも影響を受けたアイドルだった。事故を知ったときは心から嘆き悲しんだものだ。――固唾《かたず》を呑んで見守っていると、一瞬時空が歪んだような黒い部分が宙に瞬き、二人の影が現れた。その一人がまさしくバディ・ホリーだった。セルロイドの吊り眼鏡をかけ、真っ白な歯を輝かせてそこに立っていた。

「やあ、君かい？　ジョンは」

「………」

「ちょっと、ジョン、挨拶くらいしなさいよ。失礼でしょ」

ケイコが小声で横からつついた。ジョンは感激で絶句していたのだ。

「あ、あの、ぼくはジョンっていって、あなたの大ファンだったんです」

「そう、ありがとう」

バディ・ホリーの声は思ったとおりやさしくて透き通っていた。

「ワオゥ！」ジョンは小躍りすると、いかに自分が彼から影響を受けたかを、つかえながらまわりに聞かせた。その興奮は隠しようがなかった。バディ・ホリーは少し照れながらその場にたたずんでいた。

「そうだ、サインだ」ジョンは何か書くものはないかと鶏のように首を振った。ドクターの白衣のポケットにペンが差してあるのを見つけ、ひったくるように抜いた。

「やあ、ドクター。これでも夢だって言い張るのかい？」

下顎を突き出して吐き捨てると、ジョンはTシャツにサインをねだった。

「……この方は、どなたですかな」ドクターが冷たい声で言った。

「バディ・ホリーじゃないか。おいおい、知らないなんて言わないでおくれよ」

「残念ながら……」

ジョンは再びドクターに駆け寄ると威《おど》すように、「いいかい、失礼なことは言わないでおくれよ」と耳元で迫った。

「あの方のカウンセリングはいりませんか？」

「殴るぞ」ジョンが唸る。

しばらくジョンはバディ・ホリーと、かなり緊張しながらも、至福のときをすごし、少年時代の懐かしさに酔った。バディ・ホリーは知らない男に呼び出されて戸惑い気味だったが、それでも笑みを絶やさずジョンに接し、ひと段落したところで挨拶を交わして森の奥へと消えていった。

そして興奮状態のジョンが、どうだいと言わんばかりにドクターを見ると、ドクターは黙ったまま思案顔で顎をさすっていた。

「ヘイヘイ、ジョン」とキース。「いっそのこと、そのドクターに縁のある誰かを呼ぶっていうのはどうだい？」

「そんなことができるのかい？」

「だから言ってるだろ。いまはお隣さん同士だって。誰だって会えるさ」

「そうか、じゃあドクター、誰か死んだ人で会いたい人はいないかい？　……そうだ、タオさんを呼ぼう！　タオさんだ！　ねえ、ケイコ。タオさんに大至急ここへ来てくれって電話しておくれ」

「あなた落ち着きなさいよ」

「いいから呼んでくれっ」

ケイコはわかったわよと首をすくめると、再び《アネモネ医院》へ走った。

「あのう」とアテナが遠慮がちに声を発した。

「わたしの死んだ両親でも呼べますか？」

みんなでアテナを見た。

「そりゃいいさ」キースが答えた。「でも俺様は君の両親を知らないから……そうだな、心の中で念じながら大声で呼んでごらん。きっと聞こえるよ」

「それはだめだな」

ドクターが言った。なぜかそれは強い口調だった。

「アテナ。こんなわけのわからない連中の言うことを真に受けるんじゃない。アテナは家に戻っていなさい」

「ヘイヘイ、言ってくれるじゃないか――」キースが憤《いきどお》るのを遮ってジョンが歩み出た。

「ドクター。信じられない気持ちはわかるけどね、目の前で起きていることを否定しちゃいけないな。それにアテナが会いたがっているのに、どうしてドクターが邪魔をするんだい」

「だめだ。許さん」

はじめて耳にするドクターの凜《りん》とした声だった。

「いったい何の権利があって――」

「アテナは、いまはわたしの娘だ。血のつながりはなくても親子なんだ」

「そうかい……それは知らなかったよ。でも、ずいぶんケツの穴が小さいんじゃないのかい？　生みの親に会わせてやったっていいじゃないか」

「そういう狭い了見で言っているのではない。ジョン、あなたには関係のないことなのです」

ドクターは額を赤く染めると険しい目でアテナに帰るようながした。

「おとうさん」アテナが言った。

「ここでは先生と呼びなさい」

「先生。わたしのパパとママ……もうそこまで来ているみたいなんです」

「なんだって？」ドクターの顔が青ざめた。

「だって、心の中で念じていたら……」

そのとき生木をねじるような音が鳴り響き、靄の中の十メートルほど奥に黒い穴が浮かんだ。それがアメーバみたいに歪むと、あぶり出しのようにじんわりと人影が現れた。ジョンと同年代の夫婦らしき男女が立っていた。

ドクターが大きな溜め息を吐く。続いて、息を呑んで立ちすくんでいるアテナを手で制すると、ゆっくりと精霊たちに近づいていった。なにやら会話を交わす。何を言っているのかは聞こえなかった。しばらくすると、ドクターは戻って来て、アテナの肩をポンと叩くと、

「君のパパとママだよ。会っておいで」と言った。

アテナは目に涙を浮かべて両親の元へ歩いた。靄の中で三つの影が重なり合って、啜《すす》り泣く声がとぎれとぎれに森に響いた。

「アテナの両親と何を話したんだい？」

「いつか、お話しする機会がありますれば」

もう冷静なドクターに戻っていた。

「どうだい。もう、これで信じただろう？」

「そうですな……一晩考える時間をいただけますかな」

「ドクターも強情だね」

森の靄はますますそのかさを増していって、もはや隣の人間の顔を判別するのも困難になっていた。おまけに不思議な重力が左右から不規則にかかってきて、空気の波に打たれている気がした。

「旦那さん、奥さん、どこですか」タオさんの声がした。タオさんがジュニアを抱いてやって来た。

「すごい靄ですこと。みなさんお揃いで。あら、外人さんも。旦那さんのお友達なんですか」

「ああ、そうさ。ちょっと紹介は省くけどね。ええと、ケイコは」

「何よ」見えなかったがすぐうしろにいた。

「もうタオさんに説明はついているのかい？」

「何をどう説明しろっていうのよ」

「わかった、いいよ。ええとね、タオさん。落ち着いて聞いておくれ……」

ジョンはこの森が霊界と通じていること、ここにいる白人の男は幽霊、いやもとい精霊であること、アテナという看護婦が死んだ両親を呼んですぐそこで対面していることをタオさんに、英語と日本語をごちゃまぜにして説明した。

「だから、タオさん。ケンイチ君に会えるんだよ」

その瞬間、タオさんの顔が曇った。

「どうしたの？　タオさん、ケンイチ君に会いたくないの？」

「いやですよ、旦那さん。おばさんをからかっちゃ」怯えたようにかぶりを振った。

「何を言ってるんだい。これは嘘でも冗談でもないんだよ。ほんとうにあの世に行った人と再会できるんだよ。なあケイコ」

「そうね……このぶんだとケンイチ君とも会えるでしょうね」

ケイコはむずかしい顔をしたまま小さくうなずいた。

「そんな……わたしはけっこうですよ。そんな、大それたこと」

「何を遠慮することがあるんだい。怖がることなんかないじゃないか。ねえタオさん」

「いいえ、だめですよ。旦那さん、堪忍してくださいな」

タオさんは泣きそうな顔をして後ずさりした。

「よしなさいよ。タオさんがいやがっているんだから」

ケイコがうしろからジョンのシャツを引いた。

「なぜだい？　せっかく会えるチャンスが目の前にあるのに。これを逃したらきっと一生後悔するよ」

「そんなこと人の勝手でしょ」

「他人行儀な言い方するなよ」

「じゃあ、ジョン、あなたはここでおかあさんと会いたいの？」

ふと母と会う不安が甦ってきた。

「それは……」

「ほらごらん。人に立ち入るって失礼なことなのよ」

「でもぼくみたいに気まずい親子関係ってわけじゃないだろう。ケンイチ君は三歳で亡くなったんだから、きっと純粋なままさ。ね、タオさん、大声で呼んでみてよ」

「ジョン、よしなさいよ」

「ケイコこそ黙ってろよ」

「あなたねえ――」

「申し訳ありません」突然タオさんが涙声で言った。「みんなわたしが悪いんです。どうか旦那さんも、奥さんも、喧嘩なさらないでくださいな」

タオさんが目に涙を浮かべていたので、ジョンとケイコは驚いて黙った。

「タオさん……ごめんなさいね。全部ジョンが悪いんだから、どうか許してあげてね。……あなた、謝りなさいよ」

ジョンは神妙な顔つきで頭を下げた。

「タオさん、ごめんね。よけいなお世話だったかもしれない……」

「いいえ、ありがとうございます。旦那さんは少しも悪くないんですよ。悪いのはやっぱりわたしなんですよ。わたしは嘘をついておりました。憲一なんて子はもともといなかったんです」

タオさんはハンカチで目を押えると、その場にしゃがみこんだ。

「わたしは二十歳のときに霞町の元士族の家に嫁いだんですが、子供ができなかったんです。いまはどうか知りませんが、昔の嫁は世継ぎを生まないことには義務を果したことにならなかったんです。それで三年たっても赤ちゃんの気配もなくて、わたしはお姑さんに言われて家を出ることになったんです。でも、わたしは、それではあまりに自分が惨《みじ》めだったんで、自分の中でかってに嘘をこしらえたんです。憲一っていうわたしが生んだ息子がいたことにして、自分をなぐさめていたんです。どうか笑ってやってくださいまし」

タオさんは顔を伏せ、さめざめと泣いていた。ケイコがもらい泣きした。

ジョンは思った。

人は何を隠して生きているのだろう。みせかけの笑顔の奥に、何を封じこめて毎日を送っているのだろう。のぞかれたくない胸の内。見ないふりしている真実。「しあわせ?」と聞かれれば嘘でも「しあわせ」と人は答える。それはまるで、そうありたいための自己暗示のようなものだ。

けれどそれのどこが悪いというのか。うぬぼれと思い込みがなければ、人生はつらいばかりじゃないか――。

ジョンもこらえきれなくて泣いた。

「お泣きなさい」ドクターが横から顔を出した。「聞かせてもらいましたが、タオさん……とおっしゃいましたね、あなたが想像の人物を作ったのはけっしてまちがいではありません。多かれ少なかれ、人はそうやって自分を励まして生きているんですよ。ごく自然なことなんです。うしろめたいことなど何もありませんぞ。さあ、みなさんで泣きましょう。盛大に泣きましょう。ご存じですか？　涙は、それ自体がトラウマを治す力をそなえているのですよ。ひと泣きして、すっきりしませんか？」

ふと見ると、キースも瞳に涙を光らせていた。いったい自分たちが何語で話しているのかわからなくなった。

「タオさん」

ケイコが真っ赤な目で唇を震わせながら言った。

「その、霞町のお姑さんっていうのは、もう死んでるの？」

「え、ええ、そうですけど……」

「じゃあ、ここへ呼んでくれる」

みんなでケイコを見た。

「わたしがぶん殴ってやるわ」

タオさんはとぎれとぎれに礼を言うと、また顔を伏せてしゃくりあげた。

ままならない視界の中で、それぞれが人の運命のことを思った。

あいかわらず靄《もや》は大きな力で渦巻き、地鳴りのような音さえ森に響いていた。森全体が、何物かにのしかかられている気がした。

「おい、ところでジュニアは？」

ジョンはジュニアの姿がないことに気づいた。タオさんに抱かれて森にやって来たところまでは見ているが、その先は見た記憶がないのだ。

「あら、どうしたのかしら。さっきまで私の足につかまっていたのに――」

ケイコの顔色が変わった。この森の妖気が不安をつのらせた。

「ジュニアーッ！」ジョンが叫んだ。

「ジュニアーッ！　ママよ、返事してーっ！」ケイコが反対方向に叫んだ。

応答はなかった。

アテナも何事かとやってきて、みんなでジュニアを探した。不吉な予感がジョンの脳裏をかすめた。いや、まさかそんなことは――。

「キース」

「ああ、なんだい」

「こちらから向こうへは行けるのかい？」

「そんなこと聞かれてもわからんよ」

「じゃあ、ほかに誰かいなかったかい？」

「それもわからん。何度も言うけど隣同士の状態だからな、潜在的な感情ぐらいでも、呼ばれたと勘違いして来るかもしれないぜ」

（もしかして、かあさんか？）

ジョンの頭に母の顔が浮かび、それに応えるように周囲の空気が大きくうねった。

「ママ……」

小さく声にして出すと、靄が生き物のようにジョンにまとわりついた。

かあさんだ。絶対にそうだ——。

ジョンは手で顔を覆った。不安が胸の中に充満して、喉から込みあげてきた。

「ねえ、ジョン、いないわ。どうしよう」

ケイコが泣きそうな声で訴えた。タオさんが、わたしが連れてきたばかりにと自分を責めた。

ジョンは意を決して叫んだ。

「ママーッ！」

その声は森に響き渡り、一瞬、静寂がおとずれた。

靄までが聞き耳をたてているように流れを止めた。

「ママーッ！」もう一度叫んだ。

次の瞬間、森が揺れた。猛獣のような大地の咆哮《ほうこう》がはじまり、地面が下から突き上げられた。それまで重くてもゆるやかだった空気の流れが突然乱れ、激流となってジョンたちを襲った。森が暴れている気がした。

「ジョン！ これは何なの。立ってられないわ」ケイコが悲鳴を上げた。

「木につかまってるんだ！ タオさんも」

「ナムアミダブツナムアミダブツ」タオさんはへたりこんで念仏を唱えていた。

「ドクター！ アテナ！ みんないるかい」

どこにいるかわからないが返事だけは届いた。

ジョンはあらんかぎりの声をふりしぼった。

「ママ！ その子はぼくじゃないんだ。ぼくの息子なんだ。たのむから連れてかないでおくれ。ぼくのジュニアを返しておくれ」

「ジョン！」キースが隣に来た。「もしかして、あんたのジュニアはお袋さんに連れていかれたのかい？」

「そんなこと聞かれてもわかるもんか。だけど、ぼくがかあさんと呼んだ途端にこの嵐になったことは確かさ」

そう言った矢先に突風のように空気の塊がぶつかってきて、ジョンとキースは転倒した。

そのまま左右に分かれて二、三メートル転がった。

「だめだ。吸い込まれる」キースの声だけ聞こえた。「ジョンの旦那。肝心のときに申し訳ないが、そろそろお別れのときがきたみたいだ」

「どうした、キース」

「離れはじめてるんだ。あんたの世界とこっちの世界がな」

なんだって。ジュニアはどうなるんだ――。

「ジョン、あばよ。会えてよかった。ブライアンもよろこんでたよ」

靄の中で黒い影がたちまち遠のき、落ちるように消えていった。

挨拶を返す間もなかった。ジョンはそれどころではなかった。

「ママ！　もう一度言うよ。その子はぼくの息子なんだ。似てるからまちがえてるんだ。たのむよ、返しておくれ」

「ジュニア！　ママはここよ」ケイコも声を張り上げた。

今度は足元が激しく左右に揺れて、ジョンはいつくばった。続いて空気に圧し潰される感じがして、ジョンは地面に押え込まれた。完全に動けなくなった。

くやしくて涙が出た。どうして母はここまで自分を苦しめるのだろうと思った。

勝手に生んで、育てもせずに、気まぐれに可愛がっては、愛を求める。

冗談じゃないぞと思った。やりきれなかった。

涙がポタポタと地面に落ちた。

瞼の裏にブラックプールの情景が映った。

コテージで父と罵《のの》り合いの喧嘩をした母。出てゆく母の揺れる背中を見て、ジョンは精神的パニックに陥り、母を追いかけた。でもそれで幸せにはなれなかった。母はたまにしか息子を愛さなかった。

　母など選ばなきゃよかったと思った。

「ママなんか嫌いだーっ」

　子供のようにジョンは泣き叫んだ。

「約束も守らないで、どれだけぼくをがっかりさせたと思ってるんだ。ママなんか大嫌いだーっ！」

　いっそう激しい地鳴りがして森が揺れた。それと同時に、靄がオーロラのように波打ち、移動を開始した。その先を見ると、森の奥に巨大な闇が口を開けていて、そこに吸い込まれているのがわかった。轟音とともに、灰色の気流が闇に突進していた。

　そのとき、不意にジョンにのしかかっていた重力がはずれ、体が解き放たれた。ごろりと転がるとジョンは膝を立てた。

（体が動く！）

　ジョンはすぐさま闇に向かって走り出した。

　何のためらいもなかった。

　体が勝手にそうしていた。

「ジョーン！」

　ケイコの声がうしろでこだましていた。

気流に押されて、走るより速くジョンは闇に近づいていった。

耳元で凄《すさ》まじい轟音が鳴り響いた。雪山のクレバスのようにパックリと口を開けた闇に、ジョンは猛然と飛び込んでいった。

浮揚感《ふようかん》があった。どこにも踏ん張るよすががなく、手足が空《くう》をきった。目の前は真っ暗で、その暗さには底がなかった。距離感さえない闇だった。やがて重力は完全に失われ、全身から力が抜けた。右に傾けばどこまでも右に傾き、スルリと体が一回転した。筋肉はもちろん血液までが機能を停止している気がした。トンネルのような道を、轟音と共にどこかに吸い込まれていくイメージがあって、不思議なエクスタシーを覚えた。自分は死んでいくのだろうかと頭の隅でぼんやり思った。

視界の先に物体があり、よく見るとそれは逆さに浮いたキースだった。

闇のスクリーンにくっきりと映っていた。

キースは驚いた顔でなにごとかわめいていた。まるで聞こえなかった。

そのままどんどん吸い込まれていった。

続いてパンという甲高い音がしたと思ったら、チャンネルを切り替えたようにすべての音が周囲から消えて、ジョンは静寂の世界にほうり込まれていた。静かすぎて強い耳鳴りがした。産毛《うぶげ》がそそり立った。いきなりの変化に五感がふりまわされていた。

トンと地に足が着いた。ジョンは二本の足で立った。闇が薄れていく。視覚の解像力が甦っていくようなグラデーションの変化があり、再びそこは一面に白いガスが漂っていた。森の靄とちがって穏やかな空気だった。

「ヘイヘイ、ジョンの旦那よ」

振り返るとキースがいた。イコライザーをかけたみたいな、妙に高くて輪郭のはっきりしない声だった。

「どういうつもりだい？　ここはあんたの来るところじゃないぜ」

「……ここは、あの世かい」自分の声も低音部が抜け落ちていた。

「俺様にとっちゃこの世よ。まだほんの玄関口だがな」

「ああ……そうか」

「そうかって、ずいぶんのんきじゃないか」

「……そうだな。自分でも……不思議だな」

「ま、はじめてじゃあ無理もないか。ここは心配事のない世界だからな」

「そうなのかい？」

「冥土に来てまで何を心配するんだい」

「それもそうだな」さっきまでの動揺や恐怖が嘘のように、ジョンの心は静止した湖面みたいに落ち着いていた。

「……なんだか、気持ちがらくだな」

「ああ、永久調和ってやつさ。俺様には死ぬほど退屈だがな」

キースが皮肉っぽく口の端を歪める。

「ぼくは……死んだことになるのかい？」

「知るかよ、そんなこと、俺様に聞かれても」

何の感情も湧かなかった。たとえ自分が死んだとしても、ジョンはそれを問題にする気さえ起きなかった。

「これから、ぼくはどうなる？」

「……それも、知らんさ」

なんとなく方角めいた感覚があって前方を見ると、色があった。青だった。空かと思ったが、感じがちがっていた。その透明感は、果てがないように思えた。その下には淡い紅色の広がりがあり、よく見るとひな菊の花畑だった。端がどこにあるのかわからないほどの広さだった。ガスが漂っているはずなのに、その色は鮮やかに輝いていた。

そして見上げると、そこには光があった。鮮烈な光だった。ジョンは光に見とれた。

その光は、百万個のステージ照明よりも明るいのに、なぜか眩しがらずに正視することができた。これは《愛》だとジョンは漠然と思った。その光を見ていると、ジョンは自分が強く愛されているのを肌で感じた。同時に、これまで覚えたことのないほどの幸福感がジョンの心に湧き起こり、たちまちそれは全身をじんわりと満たしていった。

光は、それを欲する者を誰一人として拒もうとはしなかった。求められるままに、百パーセントの愛を、ジョンにそそぎ続けていた。ジョンは自分を偽る必要がなかった。自己弁護も、責任転嫁も、過去を避けて通る必要もなかった。あるがままの自分をさらしていれば、光が一切合切《いっさいがっさい》を許してくれた。黙っているのに、すべてを告白した気分になった。

ジョンはひな菊の花畑の方向へ歩きはじめた。

「おい、ほんとうに行くのかい」キースが言った。

答えなかった。自然に足が向かっていた。キースが後をついてきた。

毛足の長い絨毯《じゅうたん》を歩いている感覚があった。

しばらく進むと東洋人らしき人々がかたまって歩いていた。

目が合うと、全員がやさしい笑みを顔に浮かべた。

「やあ、こんにちは」ジョンが声をかけた。

「はい、こんにちは」それぞれが挨拶を返した。

「お盆、ですか?」とジョンが聞くと、婦人の一人が「ええ、そうです。よくごぞんじですね、外人さんなのに」と白い歯を見せた。

「息子たちが気を遣ってくれてるからね。面倒臭いけど、やっぱり顔ぐらいは出さんとな」

老人が渋々という表情を作って言った。

「あらあら、タナカさん。毎年お盆を楽しみにしてるくせに」

別の婦人が口をはさみ、全員で屈託なく笑う。

「そちらさんは？」

「まあ、ちょっとした野暮用ですよ」キースが横から答えた。

「そうですか。それじゃあ」

互いに軽く会釈をして別れた。

さらに歩き続けると、今度は白人の老女が一人立っていた。ふわりふわりと近づくと、その老女は赤いインドのサリーのような衣装を身にまといニコニコと笑いかけていた。

「あなたは誰ですか？」とジョンが尋ねると、老女はそれには答えず、うんうんとうなずいているだけだった。

「そんな聞き方、ここではしないのさ」キースが言った。「何者かなんて、ここでは問われないからね」

その先には十五歳くらいの少年がいた。少年は花畑に腰を下ろしていた。「何をしてるの？」とジョンが聞くと、「待ってるんです」と明るく答えた。

「誰を？」

「両親です」

「もうすぐここへ来るのかい？」

「さあ、でもいつかは来るでしょうから」

それ以上は聞く気になれなくて、ジョンはさようならを言った。時間の感覚がなくて、少年が退屈しているようには見えなかった。

そうやって幾人もの人に会った。

みんなが天上の光を浴びて、幸福そうにしていた。

そして行くあてのない彷徨《ほうこう》を続けたところで、子供と一緒の女がいた。小さな子供を花畑に寝かせて、その寝顔に見入っていた。

近づいてのぞき込むと、ジュニアだった。

いた、とは思ったがなぜか感情の起伏はなかった。ジュニアはひな菊に埋もれ、気持ちよさそうに寝息を立てていた。

女を見ると、化粧っけのない地味な中年の白人女性だった。

母だとわかった。わかったけれど実感は湧かなかった。子供のころ濃い化粧をして着飾った母を見慣れていたせいか、あるいは二十年のうちに勝手にイメージを作り替えていたせいなのか、ともかく心は平静なままだった。

まるで心の針の振れない、母との対面だった。

キースが横に並んだ。黙っているジョンの代わりに「おばさんの子供かい」と声をかけた。

「ええ、そうよ。ジョンっていうの」

母がこちらを見ると、透き通った声で答えた。ジョンは「ちがう」と言おうとしたが言葉にならなかった。

「ここで子育てをやり直そうと思ってるの」

「そりゃまたどうしてだい？」とキースが聞いた。キースはジョンの母もジュニアも知らないはずだが、すべてを察しているようだった。

「若いころ、わたしは子供を育てるのが怖かったの。でも、ここなら何も怯《おび》えることはないでしょ」

母と目が合った。やさしい目だった。何ともいえない満ち足りた気分がジョンの中で膨らんだ。これほど静かで落ち着いた気分は、これまでの生涯でないことだった。

どうして自分に気づかないのだろうとも思わなかった。中年になった我が息子など、すべての母親にとっては想像の外なのかもしれなかったが、どうでもいいことだった。

「子供を育てるのが怖かった？」キースが言うと、母は静かにうなずき、ほほ笑んだ。

「子供が欲しくて産んだのに、いざ子供と二人きりになると、今度は自分が怖くなってくるんです」

「よくわからないけど……」

「そうでしょうね。わからなくていいわ。わたしはこうやって、何の心配もなく息子と過ごしてみたかったの。今日、実現したわ」

「あのう……」キースが続けた。

「何かしら」

「その男の子、たぶん、あなたの息子のジョンじゃないと思うんだけど」

母は黙った。少し悲しい顔をしたが、それはむしろ諦念というべきすがすがしさで、どこかしら神々《こうごう》しくさえあった。

母はもう一度、静かにほほ笑んだ。

「わかってるわ」母はそう言った。

そのとき母の頭の上に水晶玉が浮かんだ。人が入れそうな大きな水晶玉だった。

その中に五歳くらいの少女がいた。見覚えはないのにこれは母だとジョンは確信した。

少女は泣いていた。顔をくしゃくしゃにしてサイレンのように泣き叫んでいた。

横から大人の手が伸びてきて、少女を叩いた。髪をつかみ、床の上を引きずり回した。持ち上げられ、ソファに叩きつけられた。大人の女の姿が映った。ジョンにはそれが誰だかわかった。

少女は自分の母親からせっかんを受けていた。

ふと気づくと、水晶玉はひとつではなくいくつも母の上で漂っていた。そのすべてに母が映っていて、ジョンは自分が母の人生を追体験しているのがわかった。そしてジョンは、それらを目ではなく、意識で見ていた。心が母とダイレクトにつながっていた。母の思うことは、ジョンが思うことだった。完璧なコミュニケーションだった。

何の説明もないのに、ジョンはすべてがわかった。母だけではなく、すべての人の気持ちがわかった。

発端は、優秀な姉に対する少女の激しい劣等感だった。いつも誉められる姉を見て、少女は自分が劣っていると思い込んだ。少女は特別に感受性が強い子供だった。姉には新品の服が与えられ、自分にはお下がりが回ってくるようなささいなことにさえ怯え、落ち込んだ。自分が大事にされていない証拠だとかんぐった。姉だけがゆるくウェーブのかかったブロンドの髪で、自分は赤みがかったクセ毛というのも、少女の心を暗くした。ソバカスだって自分のほうが多い。

「どうしてわたしだけ髪の毛が赤いのかなあ」と少女が鏡を見ながらつぶやくと、母親は「似合ってるわ。素敵よ」と言ってうしろから抱き締めてくれた。そういうときだけ少女は親の愛情を独り占めすることができた。だからそれが癖になった。ことあるごとに自分を卑下し、親の愛を求めた。ところが長くは続かなかった。繰り返すたびに、母親はかまってくれなくなり、やがて叱られるようになった。「どうしてこの子はいじけたことばかり言ってるんだろうねえ」。少女は親の愛を得るすべを失い、自己卑下の癖だけが残った。リボンを買ってもらったとき、姉に比べて似合わないのに厭《いや》になって、そのリボンを鋏《はさみ》で切り刻んだ。はじめて母からせっかんを受けた。もう自分は愛されていないと少女は思った。

姉はいつも勝ったような顔をしていた。少なくとも少女にはそう見えた。近所でも評判の姉は、社交的で、挨拶も如才なくこなした。最初、少女はその真似をして誉められる快感を知ったが、それだけではすぐに満足できなくなった。姉は大人の気にいるような仕草、小首をかしげるポーズや、わざとませた口を利いて周囲を笑わせることが得意だったので、その差が縮まることはなかったのだ。そこで少女は姉を悪く言うことにした。近所のおばさんたちに、姉は親の財布から金をくすねたことがあると言いふらした。それは事実だった。ばれて親に叱られているのを少女は目撃している。しかし、おばさんたちは少し困った顔をすると、こう答えた。「まあ、自分のお姉さんをそんなふうに言って」。少女は、大人から軽蔑の目というものをはじめて受けてうろたえた。それは冷たい目だった。見捨てられたと思った。

ある日、遊びから帰る途中、少女は道端のごみ置き場に自分が大切にしている熊のぬいぐるみが捨ててあるのを見つけた。母の仕業だった。どうしてそんなことをするのかと抗議すると、母は謝ったが「部屋が汚いからごみだと思った」と言い訳をした。母は生理でいらいらすると、ときどきそういう真似をした。そんなことを知る由もない少女は、自分が母に嫌われていると悲しんだ。

決定的だったのは近所の池で姉妹揃って溺れかけたときだった。すい蓮の花を摘もうとして、姉妹で同時に池に落ちた。大声で叫ぶと近くにいた父が駆けつけてきた。しかし父親は姉から助けた。母ばかりか、父までが自分をないがしろにしている。もっとも親の愛情を求める時期に、自分は無視されていると少女は信じた。水の中でもがきながら、救出される姉を見ていた。幼い身でのそれは恐怖の体験だった。それが少女の心に暗い影を落とし、ますます内にこもっていった。そのいらだちが親への不服従へと転化された。少女は両親から距離をとるようになった――。

一方、なつかなくなった下の娘に両親は悩んだ。貝のように閉じた心は、そう簡単には開いてくれなかった。笑わない娘は、団欒《だんらん》を暗くした。あの手この手で機嫌をとろうとしたが、少しでも姉を誉めるとたちまち自分を卑下するようなことばかり言った。そんなときの下の娘は、親の目にも可愛くはなかった。とりわけ家にいる母親には、気苦労の多い下の娘だった。

あるとき、バスルームの鏡が割れていた。娘たちを問い詰めても「知らない」と言い張ったが、母親は下の娘だと思った。充分チャーミングなのに、下の娘は自分の容姿にコンプレックスを持っていた。下の娘は何時間も鏡を見ることがあるかと思えば、歯を磨くときでさえ鏡を避けるという、変わった二面性があった。母親は、子供を追い詰めてはいけないと自分に言い聞かせ、犯人捜しをやめた。ところが、しばらくすると掛け替えたばかりの鏡がまた割られていた。黙っていると、今度は寝室の鏡までが割られた。母親はどうしていいのかわからなかった。夫に相談すればきつく問い詰めるに決まっている。下の娘は白状するかもしれない。しかし、それで問題が解決するとはとうてい思えなかった。ついには玄関ホールの大鏡が割られた。母親は黙って破片を掃除したが、頭は混乱するばかりだった。

そんな状態が半年も続き、母親は情緒が不安定になった。いつも親の顔色をうかがう下の娘に、いらいらがつのるようになった。ふだんは愛しい子供なのに、ときとして悪魔のように思えることがあった。そしてとうとう下の娘に手をあげた。姉妹でお揃いのリボンを買ってあげたのに、下の娘はそれを鋏でズタズタに切り裂いたのだ。生まれてはじめて体験する激情だった。叩いているときは、一直線に落ちていく感覚だった。自分が自分ではなかった。もうどうすることもできなかった。

一度手をあげると、自制がきかなくなった。誰か自分の手足を縛ってほしいとすら思った。コントロールを失った感情は、殴る側をも恐怖のどん底に突き落とした——。

すべてが浮遊する水晶玉に映し出されていた。

ぶたれた少女の恐怖と悲しみ。ぶった母親の底のない自責の念。おろおろとうろたえるばかりの父親と姉。はまり込んだ迷路に、みんなが苦しんでいた。

ジョンは一族の存在を感じた。彼らの、よろこびも、悲しみも、いらだちも、苦しみも、すべてが当事者として理解できた。誰にも罪などなかった。もし罪があるとすれば、それは運命という名の罪だった。

母は虐待《ぎゃくたい》を受けて育った。だから自分も子供を虐待するのではないかという強迫観念に囚《とら》われていた。母は愛情に飢えていた。愛されることを求めていた。誰かに愛を分け与えるだけの蓄《たくわ》えがなかったのだ。

ジョンの心に熱いエネルギーが込み上げてきた。感動をはるかに通り越した、魂の沸騰だった。

天からの光をいっそう感じた。光りは無言で《愛》をそそいでいた。それは絶対的な愛だった。

ジョンは歩み出ると、母を抱き締めた。抱かれたことは何度かあったが、抱き締めるのははじめてだった。強く、強く、抱き締めた。

この突然の行為に、母は驚かなかった。まるで自分が赤ん坊であるかのように、無防備にジョンに身をまかせ、腕の中で温かく薫《かお》った。

「ジョン」背中にキースの声が聞こえた。「今度こそ、お別れみたいだな」

声が出なかった。心の中で「ああ、またな」と言った。

抱き締めている感覚が、抱き着いているそれに変わった。

「ジョン」今度は母の声だった。母の声が耳元で響いていた。

確かに母は「ジョン」と名前を呼んだ。

その瞬間、目の前が赤くなった。てのひらを太陽に透かしたような、温度のある血の色だった。

不意に手応えがなくなり、ジョンは前方に倒れ込んだ。母が消えていた。そればかりか花畑も、天上の光もなくなっていた。

世界が変わった。ジョンは何か狭いところに自分がいるらしいことを知った。閉じた空間らしいことはわかったが、不思議と圧迫感はなかった。意識が薄れた。覚醒している状態と眠りの状態のちょうど中間にいる感じだった。平衡感覚がなくなり、自分がどんな姿勢でいるのかわからなくなった。手足の感覚もない。手を動かすと、そこに手があることがわかるという程度だった。どこだかわからないその場所で、ジョンは無上の幸福感に浸っていた。ここでもジョンは自分が強く愛されていることを感じた。不安やストレスが何もない、そこはまさしく天国だった。ジョンはしあわせだった。

水があった。ジョンは水の中で丸くなっていた。

ぼんやりとした視力で自分のおなかを見た。

そこにはヘソの緒があった。

もう何も考えられなかった。

そのとき、揺れがきた。全身が圧迫されるような感覚があって、ジョンはまたしても暗闇の世界にほうり込まれた。闇の中をどこかに進んでいた。ただし落ちていくのではなく、引っ張られていく感じだった。そして、その先にはもうひとつの《光》があった。その《光》

は無条件の愛ではなかったが、希望に満ちていた。

ジョンは光の中に飛び込んでいった。

生きていることを体いっぱいに感じた。

オギャーと自分が泣いた気がした。


「ジョン」

ケイコの声がした。

「旦那さん」

タオさんの声がした。ドクターも名前を呼んでいた。

目を開けた。みんなが顔をのぞき込んでいた。

ジョンは意識を呼び覚まし、手足を確認した。ジョンは森の中で大の字になって寝ていた。深かった靄《もや》はもうなく、木々の隙間から青空が見えた。

「ねえ、大丈夫？」

ケイコがおそるおそるといった様子で聞いてきた。

それには答えないで、小さく深呼吸をした。冷たい空気が胸を心地よくした。

「ジョン、気分はどうですか？」

ドクターが聞いた。

「気分かい。そうだな……」ジョンは溜め息まじりに答えた。「産まれた気分さ」

「えっ、なんて言いましたか？」

「いや……なんでもないさ」

いまの自分の顔はしあわせに満ちているだろうとジョンは思った。

「探したのよ」ケイコが言った。「もう、あなたもジュニアも靄ではぐれちゃうんだもの」

ジュニア！　そうだ、ジュニアを忘れてた――！

ジョンはあわてて跳び起きた。一瞬のうちに顔を引き攣《つ》らせ、周囲を見回した。すぐに見つかった。ジュニアはうしろにいた。きょとんとした顔でジョンを見ると、それでも愛想のつもりかニコリと笑った。

ジョンの体から力が一斉に抜けた。急激な感情の変化に対応できず、心臓が高鳴ったままだった。

ジョンはひざまずき、ジュニアを抱き寄せた。遅れて安堵感がじわじわと込み上げてきた。瞳に涙がにじんだ。

「この子ったら、親とはぐれたっていうのに全然動じないのよ」

ケイコが草の上に腰を下ろし、呆れたような声を出した。

「ジュニア、そうなのかい？」

「ぼくのせいじゃないよ」

ジュニアは鼻をひとつすすると、得意のせりふを吐いた。

「ぼくは……どうしてたんだい？」

「気を失ってたのよ、ここで。びっくりしたんだけど、あなた、とってもうれしそうな顔して寝てるんだもの」

「……そうなの？」

「そうよ。夢でも見てたの？」

「………」ジョンは目を伏せて小さく笑った。「そうだね。そうかもしれないね」

「まったくもう、ジョンもジュニアも人に心配かけて平気なんだもの」

ケイコは両手を天に伸ばすと、誰ともなしに話し続けた。

「ジュニアは勝手にどこかへいっちゃうし、ジョンは突然『ママーッ』なんて叫び出すし、やっと捜し出したらこんなところで気絶してるし。……霧は出るし、幽霊は出るし、地震まで起こるし……。もう、いったいどうなってることやら」

「幽霊？」ジョンが顔を上げた。

「そうよ」

「じゃあ……キースには会ったんだね」

「会ったわよ。あなたの憧れのスターにも会ったわよ」

ふてくされた物言いだったが、ケイコはなぜか愉快そうだった。

ジョンは少しだけ安心した。すべてが夢だったわけではなかった。

「ジョン、何を笑ってるのよ」

「いや、こんなときになんだけど、気絶しているときにかあさんの夢を見てね――」

「……ふうん」

「いや、悪夢じゃないんだ。いい夢なんだ。心配しないでおくれ」

「だったらいいけど……。あら、ジュニア、何なの？　この手に持ってるのは」

そのときケイコが、ジュニアの手をつかんだ。

ジョンはそれを見て息を呑んだ。

「どこで拾ったの。だめよ」

ジョンの体ががたがたと震えた。鳥肌が立った。

ジュニアが手にしていたものはエジンバラ・ロックだった。母が来るときに、ジョンをよろこばせようとお土産にいつも用意する、あの固くて甘いキャンディだった。

かあさんがくれたんだ――。

頭の中で母の顔がぐるぐる回った。

胸がジンと熱くなり、そのまま仰向けに転がった。

涙が一筋、こめかみを伝って耳まで落ちた。

天を見た。

かあさん、ぼくをからかったな。あの世へ行っても、派手なことが好きで、自由気ままで、ぼくをふりまわして——。

「どうしたの？　ジョン」

「なんでもないさ」

声がかすれた。

「変なの。うふふ」

「ドクターも腰を下ろしたらどうだい？」

「そうですな」

みんなでしばらく森にいた。恐怖の余韻はなく、それぞれが温かい気持ちだった。もう少し、みんなで一緒にいたかったのだ。

8

《アネモネ医院》のドクターは、その日も長い足を丘のように組んでいた。診察室へ入ったジョンを見るなりニヤリと笑い、軽く目礼した。

「やあ、ジョン、来てくれてありがとう」

「妻の命令さ。でも催眠治療はごめんだからね」

「ええ、もうその必要はないでしょう。あなたはすべての心の傷を癒したはずです。とくに昨日の出来事で、おかあさんについても厭なことは忘れるはずです」

「えっ、昨日の出来事って……」

「お忘れになったんですか。昨日、あなたはおかあさんに向かって大声で子供のように泣き叫んだじゃないですか」

「ああ、そんなことかい」

「そうです。あれが効いたわけです」

「どういうことだい？」ジョンが首をかしげる。

「あれは《根源的叫び《プライマル・スクリーム》》と呼ばれる精神療法で、泣き叫ぶことでトラウマを癒そうとする行動なんですよ。ジョン、あなたは実に理にかなっている」

「まだそんなことを言ってる……そうだ、昨日ドクターは一晩考えさせてくれって言ってたよね。どうだい、森で幽霊に会ったのを認める気になったかい？」

ドクターは咳ばらいをすると椅子を手前に引いた。

「……おそらく、昨日の出来事は、高山病の一種でしょうな」

「あ？」ジョンが顔をしかめた。

「ご存じですか？　チベットなど高地では、人はよく神秘体験をすると言われていますが、実はあれは、高山病の諸症状のうちのひとつだという報告もあるんですよ。空気が薄いと脳に酸素がゆきわたらず、それが原因で不思議なことが起こるわけですね。おそらく脳内麻薬が分泌されるんでしょう。そこでLSDを服用したときのようなトリップを味わう——。昨日のあの森は空気が極端に薄かった。あなたも感じていたことでしょう。軽井沢は高原ですから平地よりは薄いけれど、それどころじゃなかった。原因はわかりません。私の専門外ですから、想像になりますが、気流の異常で空気の歪みが生じ、どこかに真空地帯ができてしまった。そこに周囲の空気が吸い込まれ、必然として空気が薄くなってしまった。知らずに入りこんだ我々は高山病にかかり、集団で神秘体験をしてしまった——」

「ドクター」ジョンが溜め息をつく。「本気で言っているのかい？」

「いかにも」ドクターは悠然と笑みを浮かべた。

「ぼくはバディ・ホリーからサインをもらったんだぜ。それは家に残ってるんだぜ。おまけにジュニアは母からキャンディをもらった」

「キャンディ?」

「ああ。昨日は話す気になれなかったけど、ぼくは気絶している間に、天国の母と会ってきたんだ。そこにはジュニアもいたさ。つまり、ジュニアは母に連れ去られていたんだ」

「ほほう」

「いいかい、ちゃんと聞いておくれよ。ぼくはそこで母と対面し、母の生い立ちを知った。母は親に虐待されて育った子供だったんだ。だから子育てが怖かったんだ。母と話をしたわけじゃないんだ。水晶玉がいくつも浮いていてね、そこに母の人生が映し出されていたんだ。それを見ていると、不思議なことにみんなの気持ちがわかるのさ。それも外面からではなく、内面でね。ぼくはすべてを理解したさ。母を愛しいと思ったよ。そうだな、許すとか許さないとか、そういう問題じゃなくて……」ジョンはタオさんの言葉を思い出した。「そう、ぼくは運命にやさしくなることを知ったんだ」

ドクターは黙ってうなずいていた。

「そしてぼくは母のおなかの中にもぐり込んだんだ。とても気持ちのいいところだったな。不安がまるでない世界なんだ。で、しばらくするとぼくは光の中に放り出されたさ。産まれるってああいう気分なのかな。心に希望があふれていたよ。そこでぼくは気がついた。ジュニアも天国から帰されていた。かあさんがくれたキャンディをお土産にね」

ドクターが神妙な顔で腕を組んでいた。

「どうだい？　驚いただろう」

「……あなたが母親のおなかから再び産まれたというのは実に興味深いですな。これは《産道体験》といって、ふつうは死にかけた人が見る幻覚ですからね」

「幻覚なんかじゃないさ。だったらキャンディはどうやって説明するんだい」

ドクターは手であごを撫でると、口をへの字に結んだ。

「……ま、そういうこともあるでしょう。神秘体験というくらいですから」

ジョンは首の裏を手で揉むと、両足を前に投げ出した。

「いいさ。信じてくれなくてもね」

「いや、そういうわけじゃありませんよ」

ドクターがかぶりを振った。

「これも論文にして学会に発表するのかい」

しばらく間をおいてドクターが言った。

「いや……、日記に付けるくらいにしておきましょうか。わたしだって、学会で変人扱いされたくはありませんからね」

二人で肩を揺すって笑った。

「……ところで、話は変わるけど、昨日アテナの両親とはどんな話をしたんだい？　あのとき、ドクターはアテナに会わせたくなかったみたいだけど」

「ジョン」ドクターが真顔に戻り、声をひそめた。「ここだけの話にしていただけますか？」

「もちろん。口は固いほうさ」身を乗り出した。

「アテナはとても気の毒な子でしてね。六歳のときに両親が一家心中を図って、そのときの生き残りなんです。アテナはそのときのショックで部分的な記憶喪失や失語症を患いましてね、当時治療にあたったのがわたしだったわけです。わたしは、あの子が事実を受け入れるのは無理だと判断して、記憶の欠落部分に別の記憶を植えこんだんです。催眠治療を用いてね。アテナは自分の両親は交通事故で死んだと信じています。交通事故もショックでしょうけど、無理心中よりははるかにましだ」

「そう……。ドクターの判断は正しかったと思うよ」

「ありがとう」

「昨日、アテナの両親にはなんて言ったんだい？」

「事情を説明しましたよ。かくかくしかじか……だからほんとうのことを言ったら殺してやるってね」

ジョンはドクターをまじまじと見上げた。

「わたしは真実が万能だとは思わない。嘘が人を安らかにするなら、いくらだって嘘をつく用意があります」

「ああ、同意するよ」

ドクターはアテナに麦茶をもってくるようたのみ、氷の浮かんだコップが手元に届いた。喉が心地よく湿った。

「ドクター。それにしても、どうしてぼくはいまごろになって再び悪夢を見たんだろうね。生活の荒れていたころに見るのはわかるとしても、平穏な暮らしを四年も続けていて、精神状態はいたって良好のはずだったんだけどね」

「創作活動をしてないからですよ」さらりとドクターは答えた。「あなたはおそらく創作活動をすることによって、各種のコンプレックスや空虚感を埋め合わせてきた。わたしはあなたの歌を知っていますが、あなたにとっての歌は精神のバランスをとるために必要な代償物だった。定期的に出すべき膿《う》みだった。下品なたとえをするなら、歌はあなたの排泄物だった。それをここ四年、していないわけですからね――」

「ふふ。便秘の原因までわかった気がするよ」

ジョンが下を見て笑う。

「いや、これはたとえ話ですから、気になさらないように」

「歌を書いたら便秘も治るかな?」

「案外治るかもしれませんね。……でも、そもそも最初の医院ではどういう診察を受けたのですかな。レントゲン検査も血液検査も異常なしと聞いたんで、それを前提にわたしは過敏性大腸症候群だろうと判断してやってるんですけどね」

「過敏性大腸症候群？」

「心因性の腸の不調です。大袈裟に考えるほどのものではありません」

「そういえば……注射はされたな、最初の医者に」

「注射をされた？　どんな注射でしたか」

「わからないよ、そんなこと。でも、ずいぶん痛い注射だったたな。やたら長くて……そうそう、途中でぼくの気分が悪くなって中止したっけな」

「もしかすると、視界がチカチカしませんでしたか？」

「そうそう。目の前に星が舞ってたさ。ドクター、どうしてわかるんだい」

「注射の説明は受けなかったんですか？」

「いや、それどころじゃなかったんだよ、おなかが痛くてさ」

「おそらく抗生物質でしょう」

「あ、そうそう、抗生物質。言ってた、医者が」

ドクターが額に手をやると、やれやれといったふうに首を振った。

「ドクター、どうかしたのかい？」

「ジョン、わたしが推測するに、大腸の動きを止められたんだと思いますよ、あなたは」

「動きを止められた？　あ、そうだな」ジョンは突然思い出した。「そういえば、医者もそんなことを言ってたよ」

「どうしてそれを早く……」ドクターが大きく溜め息をつく。

「しょうがないよ。病人っていうのはそんなことまで気がまわらないのさ」

「その医師は休暇中だって言ってましたね」

「ああ、墓参りだ」

「きっと留守中に症状が急変するのを案じて、大腸を止めておけば安全だと思ったんでしょうね」

「それが便秘の原因かい？」

「その可能性が高いですね」

「ひどい医者じゃないか」

「さあ、その場にわたしはいませんでしたから、なんとも……」

「いつまでぼくの大腸は止まってるんだい」

「その医院のお休みはいつまでですか」

「……十六日までだから、今日だ」

「じゃあ、そろそろですかな。もちろんこれは仮説ですが……」

ジョンは体中から力が抜け、ソファにもたれこんだ。これまでの右往左往は何だったのかと腹が立ったが、誰にぶつけていいのかはわからなかった。

「あっ。でもね」ジョンは二手橋の一件を思い出し、再び身を乗り出した。解けない謎がもうひとつあったのだ。

「実は気になることがまだあるんだ」

「何でしょう」

「また馬鹿なことをと思うかもしれないけれど、もう十日以上前になるのかなあ、旧軽銀座で母の声にそっくりな婦人に出会ってね、あとをつけたことがあるんだ」

「ほほう」ドクターが相槌を打つ。

「なんといってもその婦人の子供がぼくと同じ名前で、『ジョン』っていきなり呼ぶんだからね。あのときはほんとうに動揺したな。思い出したくない過去をいきなり掘り返された気がしたよ。それで心臓をどきどきさせながら二手橋のところで追いついて、顔を見たんだ。──もちろん、まったく別人だったよ。ほっとしたさ。でも、ほっとしたのはよかったんだけど、そのとき突然めまいがしてね、おまけに橋がケタケタと笑うんだ。ぼくに向かって」

「ああ、そういえば、以前にもその話はなさいましたね。冗談かと思ってましたが……」

「いまにして思えば、それからさ」

「はい?」

「悪夢と便秘がはじまったのは――」

「うーん……」ドクターが唸った。「たぶん、おかあさんに似た声を聞いてショックを受け、それが発端となって心と大腸に異常をきたしたんでしょう。そう考えるのは不自然ではありません。……でも、悪夢はともかく、便秘の原因は注射だとわたしは思いますけどね」

「橋が笑うのは？」

「気のせいですよ」

「そうかなあ……」

「さあジョン。もうそんなことは気になさらないで。治るものも治らなくなりますよ」

「ああ、そうだね。もう忘れるよ」

アテナが今度は団子をお盆にのせてやって来た。

「おっ、《ちもと》の蕎麦《そば》団子だね」ジョンの好物だった。むしゃむしゃと食べた。

「食欲、あるじゃないですか」とドクター。

「ああ。甘いものには目がなくてね」

「けっこうけっこう。食べれば出ますよ」

「しかし、まあ……」ジョンが肩を揺すって思い出し笑いする。「排便なんかなくてもかまわないなんて、ドクターもよく言うよ」

「おや。わたしはいまでもそう思ってますよ」

ドクターがわざとらしく真顔を作ったので、ジョンはますます笑い転げた。

「ねえ、ドクター」

「何でしょう」

「ところで、今夜夕食に招待したいんだけどね。アテナと一緒に」

「もちろん、よろこんで」

ドクターはジェントリーにほほ笑んだ。


夕方にタオさんが玄関脇で麦藁《むぎわら》を燃やしていた。これは《送り火》という盆のならいのひとつで、冥土に帰っていく精霊たちを見送るための儀式なのだそうだ。ジョンがジュニアと一緒に眺めていると、タオさんは立ちのぼっていく煙に手を合わせ、「今年の盆もめでたい盆でした」とひとりごとのようにつぶやいていた。タオさんはなんだか憑《つ》きものでも取れたようにすっきりした表情をしていた。ドクターが言っていたみたいに、ひと泣きしてすっきりしたのかもしれない。昨日のことには誰も触れなかった。これからも、きっと触れないだろう。

六時を過ぎるとドクターとアテナがやって来た。アテナはあでやかな浴衣姿だった。そしてみんなで食卓を囲んだ。タオさんとケイコがこしらえた、ちらし寿司や獅子頭《ししがしら》のおでんなどがにぎやかに並んでいる。ドクターはビールの肴《さかな》に用意した大根の葉とじゃこの炒め煮に大よろこびしたようで、目を細めては箸でつまんでいた。「お、ババメシですね」。ドクターが言うには、おばあちゃんが作りそうな総菜のことをババメシと呼ぶそうだ。

ジュニアはさっきからちらし寿司の上にのっているいくらの粒が気になって仕方がないらしい。

「これなあに」

「いくら。鮭の卵だよ」

「しゃけって？」

「そういうお魚さん」

ジュニアは慎重にひと粒口に入れると「うえっ」と吐き出した。

アテナがくすっと笑う。ジュニアはきれいなおねえさんにうけたのがうれしいのか、立ち上がるとアテナのところへ歩いていって、膝の上にもぐりこんだ。

「いけません、ジュニア」

「いいんです。わたし小さい子、大好きですから」

流しっぱなしにしてあるラジオが、帰省する車で高速道路が大渋滞していることを告げていた。

「まあ、大変ですこと」タオさんがひとりごちる。

「天国への帰り道も渋滞してるんだろうね」とジョン。

「ふふ、そうね」とケイコ。

「ひさしぶりだなあ、こんなにお盆らしいお盆は」

ドクターが早くもおでこを赤くして言った。

「ほんとうに」

「お盆って、いい風習だね」ジョンがつぶやくと、みんながしみじみとうなずいた。

「わたしが小さいときはウラボンって呼んでましたよ」とタオさん。

「ふうん」

「正式には盂蘭盆会《うらぼんえ》っていうんですよ」ドクターが箸を指揮棒のように振った。「もともとの語源はサンスクリット語で苦しみという意味の《ウランバーナ》からきているわけですね。釈迦の弟子の目連という僧侶が、あるとき地獄に落ちて苦しんでいる母親をみつけて、なんとか天国に送り届けてやりたいと思った。そこで目連は釈迦の知恵を借り、さまざまなお祈りやお供えものを使って、旧暦の七月十五日に母親を救うことができたんです。それを記念して釈迦がその日を《ウランバーナ》の日として定めたわけですね」

それを聞くとジョンは、胸が熱くなると同時に少し複雑な気持ちになった。

「へえー、ドクターって物知りなのね」ケイコがおでんの肉団子をほおばりながら感心した。

「いやいや、たまたま仕入れた知識ですよ」

「ウランバーナ……か」

ケイコはその言葉の響きが気にいったようだった。

「ドクター」ジョンが顔を向けた。「言っておくけど、ぼくのかあさんは最初から天国にいたんだからね」

「もちろんですよ、ジョン。これは神話の類いであってあなたの話ではありませんよ。……だいたいあなたのおかあさんは、この世で偉業を成した人ですからね、神様がおろそかにするわけがない」

「偉業？」

「そうですとも。世紀のポップスターをこの世に生んだ。その息子は世界中の人を温かくし勇気づけた――。これ以上の手柄がどこにありますか」

そう言われるとジョンもまんざらではなかった。そうだった、かあさんは、育てはしなかったが、ぼくを生んだのだ――。

「この肉団子、とってもおいしい」アテナがさも驚いたように手で口を押えた。

「そうでしょう」ケイコが目を輝かせる。「お豆腐をつぶして混ぜてあるのよ」

アテナはしきりにうなずいて感心していた。

「おとうふって？」

「大豆の変身したやつさ、ジュニア」

「ええと、じゃあねえ……いつもお味噌汁に入ってる白いサイコロみたいなのがあるだろう、あれがお豆腐さ、ジュニア」

「サイコロって？」

「だいず？」

その夜のジュニアはやけにしつこかった。

食事を終えると縁側に移動して、デザートに氷水で冷してあった西瓜《すいか》を食べた。ドクターが土産に持ってきたものだ。ジョンは塩を念入りに塗りつけてかぶりついた。食欲はすっかり回復していた。ジュニアはアテナにくっついてばかりで、どうやら二人は友達になったようだった。アテナが折り紙を折って見せるとジュニアはたちまち興味を示し、端午の節句でもないのに新聞紙の兜《かぶと》を折ってもらい、ご満悦だった。

「お盆の行事はこれでつつがなく終了したのかい」

「そうですね。あとは盆具を片づけて川に流すだけですよ」タオさんが答えた。「それはあとでわたしが済ませておきますから」

「それって《精霊流《しょうりょう》し》っていうんでしょ」ケイコが声を弾ませた。「ねえねえ、みんなでこれから矢ヶ崎川に行ってやりましょうよ。二手橋のところで」

「うん、いいね」

「いいですね、風流だなあ」

居間に戻ってタオさんの指導のもと、全員で精霊船を作った。真菰《まこも》を束ね、その両端を紐でしばり、中を広げてそこに細い竹を二本立て、盆具を積み込んだ。それはちょっとした帆船のようだった。

提燈《ちょうちん》を自分で持つと言ってきかないジュニアを先頭にして、みんなで二手橋までぞろぞろと歩いた。ご婦人たちは下駄を履いていたので、カラコロという音が夜空に心地よくこだましていた。それに合わせるように、あちこちの草むらからはこおろぎの鳴き声がする。ジョンは最後尾からみんなの背中を眺めていた。ジュニアはよほど気にいったのか新聞紙の兜を被ったままだ。タオさんは髪に娘みたいな赤いかんざしをしていた。ケイコは髪を結っていてうなじが少し艶っぽかった。ここ何年かでいちばん心安らぐ眺めだった。そして、青い月あかりを浴びて浮かび上がったアテナのうしろ姿を見て、そういえば彼女はギリシア神話の女神の名と同じではないかとジョンはいまさらのように思った。やけに神話づいた夏だなとおかしくなった。

二手橋に着くと、たもとから川べりに降りた。流れはゆるやかで川面はきらきらと小さく波立っていた。タオさんが橋の下で線香を焚《た》いた。ジョンはそれを何気なく見ていた。ここでもジュニアが自分がやると言ってきかないので、ジョンが精霊船を手渡した。

「流すときにお祈りをするんだよ」

「どんなことを?」
「何でもいいさ」
「平和をわれらに(give peace a chance)——」
どこで覚えたんだいそんな言葉、とみんなで目を丸くすると、ダディのレコードと言って
ジュニアは得意げに胸を張った。続いてケイコが吹き出しながら、最近あなたに内緒で聴か
せてるのよ、と首をすくめた。
精霊船は沈没することなく、ゆらりゆらりと流れていった。
みんなで溜め息のようなものをついた。
「ねえ、タオさん」ひと呼吸おいてジョンが聞いた。「あの線香って何か意味があるのかい」
「はい? ああ、あれですか」タオさんが橋の下を指さした。「橋にはいろんな霊が棲んで
ますからね。ちょっとご挨拶に」
「ええと、どういうことかな。詳しく教えてほしいんだけど」
タオさんは遠い目で、星空に向かって聞かせるように話をした。あらためて聞くとタオさ
んの声はやわらかく、懐かしいメロディのように闇に響いた。正確に知りたいのでケイコに
通訳してもらった。
「……へえー、そうなんだ。ジョン、いい? 橋っていうのは日本語では端っこの《端》っ
ていう意味もあるのよ。つまり、それはこの世の端であり、あの世の端でもあるわけ。これ

はフォークロアの類いだけど、橋は霊界とかかわる場所として昔から考えられているの。だから幽霊や妖怪が出やすいんだって。

——でね、それは実際、橋の名前にも表れているの。これはわたしも初耳だったわ……東京には《面影橋《おもかげ》》っていう橋があるけど、あれは橋の上で死んだ家族や知り合いに出くわすことから付いた名前なんだって。浅草の近くにある《言問橋《こととい》》もそうらしいわ。あの橋は、橋の上で何かを問いかけると先祖様の答えがどこからともなく返ってくるんだって。細語橋《ささやき》とか姿不見橋《すがたみずの》とか、ほかにもいろいろあるみたい。ふふ、橋って不思議ね」

そのとき、橋が笑った気がした。と同時に、ジョンの首の裏あたりにチリチリと鋭い痺れが走った。

「でも、そこに現れる幽霊や妖怪は、とくに怨念を抱いた悪霊ってわけじゃなくて、単なるいたずら好きなんだって——」

その痺れは後頭部を伝って脳に沁み入り、痛みとも痒みともつかない感覚となって充満した。なおも橋はケタケタと笑っていた。

「タオさんの話だと、先祖供養をさせてあげる代わりに、人様の体にいたずらをするんだって。一時的に耳を聞こえなくするとか、頬を腫れさせてしまうとか。もちろんそれは迷信よね——」

来たのか、とジョンは身を固くした。次の瞬間、自分の体からザーッと音を立てて血の気が引いていくのがわかった。

「ねえ、ケイコ」ジョンが絞《しぼ》るような声を出した。

「うん、なあに」

「このニテバシって、漢字だとどういう意味なんだい」

「二手橋のこと？《ふたて》って意味よ。ここでふたてに別れるってこと」

なんだって？ もろにあの世との臨界点じゃないか！ ぼくは毎日ここを渡って霊界に通っていたというわけなのか——？

「さあ、帰りましょう」

背中を悪寒が駆け抜けていく。肩から腕にかけて震えがはじまり、それは指先にまで及んだ。橋がいよいよおかしそうにけたたましく笑う。

「ああ、今年はいいお盆だったわ」

横を見たケイコは、そこでジョンの顔が真っ青なことに気がついた。

「ねえ……」

ジョンは何かに耐えるように唇をかみしめて前だけを見ていた。

「どうしたの、また具合でも悪いの？」

ケイコはたちまち暗い声になって、ジョンの顔をのぞき込んだ。

「ドクター、お願い、またジョンが変なの」

「ジョン、どうかしましたか」

ドクターも近寄ってきた。

「ねえ、ジョン、返事して」

「まさか……リバウンドということは」

「何ですか、リバウンドって」

「ストレス障害が治癒する過程で、たまに症状がぶりかえすことがあるんです」

「まあ、どうしましょう。ねえ、ジョンったら」

「そうじゃない……」

ジョンが冷たい汗を流しながら、かろうじて答えた。

「とにかく、早く帰りましょう」

「もう、だめ……」ジョンの声は完全にかすれていた。「あれが来た」

「あれ？」

「くそう、馬鹿にしやがって。先祖供養と引き換えに、人様の体に対してこんないたずらをしたっていうのかい――」

「何の話よ。落ち着いてちょうだい」

それは外部からおなかの中に、何かがいきなり大量に届いたといった感触だった。

ジョンは歯を食いしばったまま片手でお尻を押えた。それを見て、ケイコは眉間を激しく寄せる。そしてすべてを察して真顔になった。

「ちょっと、だめよ、こんなところで」

「そんなこと言ったって……」

ジョンは青い顔のまま周囲に視線を走らせると、ジュニアの頭にある新聞紙の兜をひったくった。ジュニアが抗議の声をあげるが、かまわず土手を——背中を反らせた奇妙な姿勢のまま——駆け上がり、そのまま雑木林の中に戦車のように突入していった。

「旦那さん、どうなさったんですか？」

タオさんの心配そうな声が背中に聞こえた。

「ねえ、ママ、ダディがぼくのかぶと持ってっちゃったよ」

ジュニアは半べそをかいていた。

「許してあげて。あなたのダディは……緊急事態なのよ」

一陣の風が吹いて、雑木林をカサカサと揺らした。大汗をかいてしゃがみ込んでいるジョンをからかうように、木々がにぎやかに音を立てていた。橋はもう黙っていた。あるいは、笑いをかみ殺しているのかもしれなかった。ジョンは指折り数えた。十二日分の大便というのは、なかなかに凄いものがあった。

心の中で叫んだ。WHAT A SUMMER——!

機嫌を悪くしたジュニアに罪滅ぼしのために、ジョンは寝つくまでそばにいてやることにした。

「ダディ」

「なんだい」

「あした、ドラえもんの新しいお人形、かってね」

「ああ、いいよ」

「ぼくのかぶと盗んだんだからね」

「盗んだなんて、人聞きの悪い」

「ダディ、おもらししたの？」

「しないよ。ただ、ちょっと林の中で用を足しただけさ。だめだぜ、そんなこと人に言っちゃ」

「へへ、ダディ、おそとでうんこした」

「こらっ」

脇をくすぐるとジュニアは身をよじってよろこんだ。

「ダディ……」

「ああ」

「ダディって、うたをうたうひとだったの？」

「ああ、そうさ。けっこう有名だったんだよ」

「ふうん」

「唄ってあげようか」

「うん」

ジョンはジュニアの部屋にあったおもちゃのウクレレを手にすると、ポロポロと弦をつま弾き、即興で子守り歌を唄うことにした。小さく咳ばらいして、頭の中にメロディを浮かべようとすると、それより早く指が動きはじめ、音符が自然に連なってウクレレから流れ出ていった。そして言葉は、まるで天から降ってきたように、ジョンの口から発せられていく。

お鼻ぴくぴく　お口ぱくぱく
お目々くりくり　耳をすまして
きょうはなにを感じたのかい
パパに聞かせてほしいな

ビューティフル　ビューティフル
ビューティフル　ビューティフル　サン

歩いたさきに　なにがあったの
飛んだむこうに　なにがみえたの
きょうはなにを学んだのかい
パパに聞かせてほしいな

ビューティフル　ビューティフル
ビューティフル　ビューティフル　サン

おまえが大きくなったら
いっしょに船に乗ろう
お空も駆けよう　歌もうたおう
それまではいい子でいておくれ
ママにキスをわすれないで
背中がかゆくなったら
パパがかいてあげる
お化けがいたら

パパが退治してあげる
怖がることはなにもないのさ
ママだっておまえの味方だから

胸に手をあてて　目を閉じて
おまじないを　唱えようね
今夜もすてきな夢を見ますように
パパが子守歌をうたってあげる

ビューティフル　ビューティフル
ビューティフル　ビューティフル　サン

（おやすみ、ジュニア。今日は楽しかったかい？
明日も、おまえにとって素晴らしい一日でありますように！）

●主要参考文献

「ビートルズ　ラヴ・ユー・メイク　上下」ピーター・ブラウン　スティーヴン・ゲインズ共著
　小林宏明訳　早川書房
「ジョン・レノン　上下」レイ・コールマン著　岡山徹訳　音楽之友社
「ジョン・レノン伝説　上下」アルバート・ゴールドマン著　仙名紀訳　朝日新聞社
「天才」　福島章著　講談社
「ギリシアの神々」　曽野綾子　田名部昭共著　講談社
「ふるさと東京――民俗歳事記」　佐藤高著　朝文社
「妖怪の民俗学」　宮田登著　岩波書店
「セラピスト入門」　東豊著　日本評論社
「臨死体験　上下」　立花隆著　文芸春秋
「死者のカタログ」　ミュージック・マガジン社

文庫版へのあとがき

「彼」の人生について簡単に触れておきたい。そして、わたしがこの物語を書こうと思った動機についても。

彼は一九四〇年、イギリス北部の港町リヴァプールに私生児として産まれた。父親は長らく誰かもわからず、母親は子育てを早々に放棄し、伯母の手によって育てられた。中産階級の伯母夫婦は彼を我が子のように可愛がり、不自由のない幼少時代をおくることとなる。だが、ときとして彼は混乱した。たまに現れる母親が一方的に愛情を求め、彼の心に波風を立たせたのだ。母親は何度も結婚を繰り返し、そのつど父親のちがう子供を産むような女だった。彼は自分の母親をどうとらえていいのかわからなかった。

そんな生い立ちのせいか、思春期を迎えた彼はしだいに荒れてゆく。悪いことにはほとんど手を出し、大人たちの眉をひそめさせた。とりわけ彼は対人関係において容赦がなく、いわゆるいじめっ子だった。

もっとも周囲に恐れられつつも崇拝者はあとを断たなかったから、ボスとしての資質はあったのだろう。突拍子もないことをやっては人々の反応を楽しむような、複雑な一面も併《あわ》せ持っていた。

彼の慰めは音楽だった。アメリカの新しいポップスに傾倒し、自分自身でもギターを手に歌を唄った。その才能は誰もが認めるところであり、町で名前が知られるのに時間はかからなかった。十四歳のときには目のくりっとした甘い声の少年と出会い、一緒にバンドを組むことになる。その少年もまたたいした才能の持ち主で、互いに刺激し合うことでますます彼の才能は開花していった。彼は音楽の道で生きていくことを決意する。

彼が二十歳のとき、彼をリーダーとした四人組のバンドはレコード・デビューした。優秀なソング・ライターを二人も有したバンドはたちまち人気者となり、敏腕マネージャーの登場もあって、彼のバンドは世界的な成功を収めることとなる。

このバンドのサクセス・ストーリーについては述べるまでもないだろう。

ヒット曲を連発し、そのうちの何曲かは永遠のスタンダード・ナンバーであり、大衆音楽の分野だけでなく二〇世紀のもっとも重要なパーソンとして歴史に残ることはまちがいない。世界中の若者たちを熱狂させ、世界中の大人たちを怒らせ、彼の物議をかもした発言どおり、キリストよりもポピュラーな存在だった。

バンドは、一九七〇年に解散するまでに十三枚の公式アルバムを発表し、すべてが今なお売れ続けている。

バンドの解散と前後して、彼は日本人女性と二度目の結婚。同時にソロ活動を開始した。妻の影響なのか、バンド時代と作風は大きく変貌し、彼の歌はメッセージ色を強めた。それらは、赤裸々な自伝的告白であったり、痛烈な社会批判であったり、ときには哲学的なものだったりした。

またこの時期の彼はラジカルな活動家でもあった。FBIのマークを受け、体制にとっては好ましからざる人物だった。ドラッグや酒にも溺《おぼ》れた。

そんな彼が一九七五年を境にがらりと変わる。子供が産まれたのだ。「主夫」になることを選択した彼はいっさいの仕事を辞め、人とも会わず、子育てに専念した。

以後の四年間は彼の隠遁《いんとん》生活期である。家族とともに過ごし、世界中を旅した。とくに妻の祖国である日本は彼のお気にいりで、七六年から七九年までは毎年夏を軽井沢で過ごしている。

そして四年の空白期間を置いて、八〇年、彼は活動を再開する。五年振りというニュー・アルバムを発表し、ファンをよろこばせた。

しかしここで、彼の人生はあっけなく幕を閉じる。心の病を患った二十五歳の男に、ニューヨークの自宅アパート前で、銃撃されたのだ。四十歳と二ヵ月というあまりに短い生涯だった。

世界中のファンが嘆き悲しんだことは言うまでもない。彼の死は、この年最大のニュースだった。

彼の人生は多くのライターたちによって記述されている。彼について書かれた書物は、好意的なものから悪意に満ちたものまで数知れず、いまさら新しい事実が掘り起こされるものでもない。もはや出尽くした、といったところだろう。

ただ、わたしはかねてよりひとつの疑問を抱いていた。不満と言ってもいい。それは、七六年から七九年にかけての、彼の「隠遁生活」における言及があまりに少ないことだ。活動停止期間なのだから、書き手がさしたる興味を抱かないのも仕方がないのかもしれない。ほとんどの伝記では、「妻と子供と静かな毎日を過ごした」といった程度の記述でお茶を濁されている。

だが彼のアルバムを聴き直してみると、ファンならばあることに気づくはずだ。それは四年の空白期間を置いて発表された最後のアルバムが、主に家族愛を歌った実に穏やかな作品だということだ。それまで刺激的で先鋭的だった彼の曲が、どういう心境の変化なのか、丸くやさしく変化したのである。

彼は三十代半ばまで、あきらかにハリネズミのような人物だった。何かに苛《いら》つき、触れるものすべてを傷つけてきた。それが四十にしてその針を収め、争うことをやめたのだ。

空白の四年間に何があったのか。彼の心を癒すような出来事が何かあったのではないだろうか——。

この作品は、わたしのそんな興味からスタートしている。

つまり、わたしは、フィクションで彼の伝記の空白部分を埋めてみたかったのだ。

もちろんわたしは彼を知らないいし、これが僭越《せんえつ》な行為であることは充分承知している。本当のところは本人にしかわからないいし、天国の彼には迷惑な話だろう。

だからせめてものマナーとして、この物語にはいっさい彼を特定する固有名詞を出さなかった。彼はただの「ジョン」であり、周囲の人物はすべて架空のものである。

本書を、心に傷を持ったある中年男の再生の物語として読んでいただければ幸いである。

彼について何ら知識がない人でも楽しめるよう、小説としての工夫も凝らしたつもりだ。

今年（二〇〇〇年）は彼の生誕六十周年である。生きていれば彼も還暦《かんれき》なのかと思うと、いささか感慨深いものがある。

そしてわたしは、いつのまにか彼が死んだ年齢に達してしまった。

'77年、ジョンのいた夏

大鷹俊一

「ジョンって、いま、日本にいるのな。Kが昨日、渋谷ですれ違ったってよ」

そんな言葉を友人から聞いたのは'77年の夏だった。連絡を受けてすぐに走り出した奴もいれば、銀座にもいたようだという話やホテル・オークラに泊まっているみたいだと、あれこれ噂が伝わってくる。

アメリカ政府とのヴィザ問題、元マネージャーとの果てしない訴訟問題のゴタゴタなど、ジョンの周りから音楽以外の騒々しい話題ばかりが続くようになったのは、いつごろからのことだったか。もうそこには輝くようなポップ・スターや時代のヒーローはいなかった。少なくとも自分にとっては。

20代半ば、縁があって入社した音楽雑誌の出版社の仕事は、大好きなものを素材にしてのことだけに楽しい毎日だったが、しかしそれはラクということではなく、当然のことながら過酷な条件、おまけに慣れない業界で、戸惑うことも多かった。大ざっぱに言えば、脳と心は楽しくて仕方ないが、実際の肉体は日々のことをこなしていくのがやっと、というところか。それでも圧倒的に楽しかった。

そんなこともあって、ジョンのことは気にならなくなっていたのかもしれない。

彼が主夫業、子育てに専念しているらしいというニュースも素直に受け入れられたし、いつか必ずギターを再び手にすることは確信していたが、それを一日千秋の思いで待つなんて意識はまるでなかった。アーティストとしてのジョンの生命や魅力が自分の中で終わっていたわけではなかったけれど、彼にとって、そういう季節であるということが自然に受け入れられていたのだと思う。

自分自身の音楽の好みも派手に揺れ動いていた。'70年代に入り、ロックは表面的には社会の中でどんどんとマーケットを広げているのは誰の目にも明らかだったし、渦中にいただけに実感もしっかりとあったのだが、しかしかつてのようにパンドラの匣が惜しげもなくバンバンと盛大な音をたてて開けられ、驚くようなアーティストが次々と登場してくるような状況とは違い、気が付くと、どこか予定調和の音ばかりが溢《あふ》れかえっていた。音楽も含め、大きなウネリとなった'60年代後半の軋《きし》みと闘いに病弊《びょうへい》した気分を癒《いや》すような風潮が、ハードロックの巨大な音量やグラム・ロックに象徴される極端なまでにポップな流行に反映していたのかもしれない。

そしてぼく自身はどこかロックと距離を置くようになっていた。自然とレゲエ、サルサ、ブラジル音楽などがターン・テーブルの主をつとめることが多くなっていったのである。

'77年は、ちょうどそんな気分の真っ最中だった。なんか違うよな、と思いながら〝クジラ保護〟を訴えるためのイベントを晴海の体育館のような会場の床に座って見ていた。ある種のロックとの距離がどんどん深まる一方だったのは実感できていたが、唯一、ニューヨークから現れたパティ・スミスらの新しい動きは、かつての懐かしいワクワクする感覚を取り戻させてくれ、どこかスリリングな予感をさせてくれていた。パティのファースト・アルバム、ジャケットに見られる真っ白なワイシャツを無造作に男っぽくまとった姿には、何かをリセットして迎えた朝の潔さが漂ってきていたのだ。

ジョンのいるニューヨーク。特別そんな風に意識はしなかったが、しかし彼があの街にリヴァープールに通じるものを感じ取ったということは、いつも心のどこかに引っかかっていた。

ジョンは'76年から毎年日本にやってきて休暇を過ごしていた。ビジネスを任せているヨーコの休暇のために帰郷という意味も大きかったのだろうが、それ以上に二人の間の子供ショーンに、彼のＤＮＡのなかに伝えられた日本文化を知らせておきたいとの思いが切実だったような気がする。

考えれば考えるほど、ジョンとヨーコは時代に選ばれたカップルだった。奴隷貿易と新大陸との膨大な交易によってイギリスの現社会の仕組みを築き上げるのに大きな役割を果たした都市リヴァープールに生まれ、ロックン・ロールの洗礼を受け、ついには20世紀の音楽史に残るグループの成功に導いたジョン。アート的な直感の鋭さと貪欲なまでの好奇心が、彼の行動原理だった。若い頃とびっきりの皮肉屋だったからこそ、世界に向かって真っ正面から平和を訴えることが出来た人だった。そして欲望を実現してきた自信家であったからこそ、自分のありとあらゆる体験を持ってしても理解不能な存在であったヨーコに強烈に惹かれていったのである。

その彼女は旧財閥の子女に産まれ、当時としては想像も付かないほど恵まれたなかで育つが、エスタブリッシュメントされた環境が逆作用したのか、前衛アート、現代音楽に深く傾倒し、自分の芸術活動を展開していく。ビートルズという存在を知らなかったことは無いだろうが、少なくとも彼女自身の志向する芸術活動との接点は無かった。だからこそ彼女にとってもジョンとの出会いは興味深かったのだろう。知り合いになったある夜、ジョンはヨーコに、それまで個人的な趣味で作っていた実験的なサウンド・コラージュのテープを聞かせる。世界で最もポピュラーな人気者が一人で悶々と制作していた音は、意外にもオーソドックスな現代音楽（というのもヘンな言い方だが）のようで、世界一の人気四人組よりは、ヨーコの周辺に散乱していた音楽に通じるものだった。こうして二人の仲は一気に進む。

それからの嵐の季節。二人がどれほど凝縮した時間を過ごし、とてつもなくエネルギーを消耗する活動をおこなってきたかは、さまざまな原稿を書こうとして調べるたびに、つくづく実感されるが、その価値や重みが本当にわかってきたのは、自分もある程度の経験を積んだり、当時の米英の状況をそれなりに把握できるようになってからのことだった気がする。

全精力を傾倒しての平和運動、米政府からの攻撃といった激動の時代を過ごし、流産も経験したはてに産まれた子供は、二人の生活を一変させた。だからこそ二人にとって'70年代後半の日本訪問、滞在は特別なものであったわけだが、しかし、まさか20年後に、こうした楽しい小説のテーマになるとは、さすがの二人も夢にも考えたことはなかったろう。

初めてこの小説を読んだとき、その奇想天外なジョンの悩みを軸に、細かく積み重ねられていくエピソードの精緻《せいち》なことに魅せられた。ちょっとしたビートルズ・ファンなら誰もがよく知っているエピソードが、巧みにアレンジされて沢山登場する。しかし好きな小説が映画化されたりしたときに誰もが経験したことがあるだろうが、思い入れが深かったり、原作が身近であればあるほど、ちょっとした認識の違いや違和感があっただけで、一気に興ざめし、その映画に没入できなくなってしまう。全体が、どれだけしっかりと作られていても、その距離感を埋めることは難しくなってしまうのだ。

しかし『ウランバーナの森』にはその類の違和感をまったく感じることなく読み進んでい

た。それどころか行ったことのないブラックプールといった街でのドラマが、映画のシーンのように活き活きと浮び上がってきたし、ブライアン・エプスタインの恋人に接するようなはにかんだ様子、ロック界が生んだ最高のドラマー、ザ・フーのキース・ムーンのリズミカルなおしゃべりは、とても創作上のこととは思えなくなってしまっていた。それほど、著者が音楽とその周縁に深い愛情を持って接してきたからなのだろう。

考えてみればジョンという人は、森には縁の深い人だった。

ストロベリー・フィールズの庭が自然に軽井沢の森につながっていても不思議ではない気がしてくるし、夢の出来事のような光景を歌った「ノルウェーの森」もまた考えてみれば超現実世界への入り口に対するジョン流の思いだったのかもしれない。

'70年ごろにジョンとヨーコが過ごしたアスコットの通称ホワイト・ハウス周辺で撮られたフィルムには、黒いマントを着て森を駆け回るジョンとヨーコの姿が残されているが、それは創作意欲にギラギラと二人が牙を研いだころの様子である。そして、二人にとってもっとも重要な住みかとなったニューヨーク、セントラルパーク脇にそびえるダコタ・アパートから見えるジョンが愛した森は、二人の平穏な時代の象徴だった（皮肉にもその光景を僕らが目にするのは、彼の血に染まったメガネが置かれたジャケットを通してだったが……）。

いまもジョンは、僕らにはまだ見ることの出来ない森の通路を巡って、さまざまな街や時を行き来しているのに違いない。アンソロジーだ、リミックスだ、と毎年、それこそお盆行事のように繰り返される騒ぎを苦笑しながら楽しんでいるかもしれない。いや、彼のことだから過去には無関心だろうな。

それよりは自分のもう一つの姿を、こうしてみごとに小説という形で切り取られたことを喜んでいるに違いない。もうジョンの新作を聴けないことにはすっかり慣れっこになってしまったが、こういう形で彼を身近に感じることも出来るんだな、と改めて実感させられた。

ぜひ続編を。

（音楽評論家）

●この作品は、一九九七年八月、小社より刊行された作品です。物語はフィクションであり登場人物は、実在（あるいはかつて実在した人物）とは、一切関係ありません。

|著者|奥田英朗　1959年岐阜県生まれ。プランナー、コピーライター、構成作家を経て1997年『ウランバーナの森』(講談社文庫) でデビュー。第2作目の『最悪』が話題となりロングセラーに。『邪魔』で第4回大藪春彦賞を受賞。著書は他に『東京物語』『真夜中のマーチ』(集英社)、『イン・ザ・プール』(文藝春秋) のほか紀行エッセイの秀作『野球の国』(光文社) などがある。

ウランバーナの森《もり》

奥田英朗《おくだひでお》

2000年8月15日第1刷発行
2007年1月15日第15刷発行

発行者――野間佐和子
発行所――株式会社 講談社
東京都文京区音羽2-12-21　〒112-8001
電話 出版部 (03) 5395-3510
販売部 (03) 5395-5817
業務部 (03) 5395-3615

Printed in Japan

講談社文庫
定価はカバーに
表示してあります

デザイン―菊地信義
製版――信毎書籍印刷株式会社
印刷――信毎書籍印刷株式会社
製本――株式会社若林製本工場

落丁本・乱丁本は購入書店名を明記のうえ、小社業務部あてにお送りください。送料は小社負担にてお取替えします。なお、この本の内容についてのお問い合わせは文庫出版部あてにお願いいたします。

ISBN4-06-264902-0

講談社文庫刊行の辞

二十一世紀の到来を目睫に望みながら、われわれはいま、人類史上かつて例を見ない巨大な転換期をむかえようとしている。

世界も、日本も、激動の予兆に対する期待とおののきを内に蔵して、未知の時代に歩み入ろうとしている。このときにあたり、創業の人野間清治の「ナショナル・エデュケイター」への志を現代に甦らせようと意図して、われわれはここに古今の文芸作品はいうまでもなく、ひろく人文・社会・自然の諸科学から東西の名著を網羅する、新しい綜合文庫の発刊を決意した。

激動の転換期はまた断絶の時代である。われわれは戦後二十五年間の出版文化のありかたへの深い反省をこめて、この断絶の時代にあえて人間的な持続を求めようとする。いたずらに浮薄な商業主義のあだ花を追い求めることなく、長期にわたって良書に生命をあたえようとつとめるところにしか、今後の出版文化の真の繁栄はあり得ないと信じるからである。

同時にわれわれはこの綜合文庫の刊行を通じて、人文・社会・自然の諸科学が、結局人間の学にほかならないことを立証しようと願っている。かつて知識とは、「汝自身を知る」ことにつきていた。現代社会の瑣末な情報の氾濫のなかから、力強い知識の源泉を掘り起し、技術文明のただなかに、生きた人間の姿を復活させること。それこそわれわれの切なる希求である。

われわれは権威に盲従せず、俗流に媚びることなく、渾然一体となって日本の「草の根」をかたちづくる若く新しい世代の人々に、心をこめてこの新しい綜合文庫をおくり届けたい。それは知識の泉であるとともに感受性のふるさとであり、もっとも有機的に組織され、社会に開かれた万人のための大学をめざしている。大方の支援と協力を衷心より切望してやまない。

一九七一年七月

野間省一

講談社文庫　目録

講談社文庫　目録

2006年12月15日現在